LE VICOMTE DE BARJAC,

TOME PREMIER.

LE VICOMTE DE BARJAC,

OU

MÉMOIRES

Pour servir à l'Histoire de ce Siècle.

TOME PREMIER.

A DUBLIN,

DE L'IMPRIMERIE DE WILSON;

Et se trouve à Paris, chez les Libraires qui vendent des Nouveautés.

M. DCC. LXXXIV.

AVANT-PROPOS.

A quelques amis ſincères.

JE ne me figure point qu'un roman ſoit un ouvrage fort important ; mais je ne le crois pas auſſi indigne des lecteurs ſenſés que bien des gens ſe l'imaginent. La différence d'un roman à un poëme me ſemble aſſez légère ; ſi l'un offre plus de beautés de détail, l'autre préſente plus de richeſſe d'imagination. Quant à l'utilité morale, elle eſt toute à l'avantage de celui-ci.

AVANT-PROPOS.

Les Mémoires que nous publions aujourd'hui sont une fiction, si l'on veut ; il n'y a cependant pas un fait dont le fond ne soit vrai, pas un personnage qui n'existe ou n'ait existé. Tout ce que j'ai supprimé, c'est le merveilleux : ce qui se passe est beaucoup plus incroyable que ce qu'on invente ; de même que ce que l'on voit frappe moins que ce qu'on lit.

Montesquieu, Rousseau, Voltaire, Diderot, Fénelon, ont fait des romans ; leurs successeurs, si tant est qu'ils en aient, ne veulent seulement pas en lire. Dans quelles mains ces sortes d'ouvrages tombent-ils donc? Dans celles d'une jeune personne qui ne connoît ni le monde, ni son cœur, ni les leçons de la morale; dans celles peut-être d'une mère oisive, qui s'occupe des aventures, & non des réflexions qu'elles font naître; d'un jeune militaire, ennemi de toute application. Que dire à de semblables lecteurs? Rien. Mais si ce petit Ouvrage tombe par hasard sous les yeux d'un homme qui ait approfondi le cœur humain, nous le prions de ne pas juger du Vicomte de

Barjac avant d'avoir lu ſa vie entière ; & de bien examiner les évènemens qui l'ont conduit à cet amour du plaiſir, le grand reſſort de ſes opérations.

Un homme d'eſprit, à qui j'ai lu cette hiſtoire, a fort improuvé le parti d'avoir renoncé à toute eſpèce d'occupations ſolides. Quel reproche, cependant, peut-on faire au Vicomte? Il s'eſt mis en état de remplir les carrières les plus épineuſes ; il a offert ſes ſervices, il a ſollicité du travail ſans récompenſe, & a non ſeulement démontré les ſottiſes, ce qui eſt très-aiſé, mais proposé le remède, ce qui est fort difficile. On l'a refusé, on lui a préféré des gens médiocres; on a rejeté ses lumières. Que lui restoit-il à faire? Aimer une fille de quinze ans. Dès qu'il a été livré à cette douce occupation, ses rivaux ont chanté ses louanges; on l'a cru propre à tout, dès qu'il s'est ôté la possibilité d'être quelque chose. Si à cette passion naissante il peut joindre encore le sacrifice d'un peu de philosophie, & n'écrire que des romans, ou faire de petits vers, ce sera un homme essentiel, & digne des plus grands éloges.

Applaudissez-vous, mes chers rivaux; je quitte la carrière, je renonce à toute ambition; ma maîtresse, mes pinceaux, ma lyre, voilà tout ce que j'emporte dans ma solitude. Le monde n'existe plus pour moi; je n'y serai pas même témoin de vos opérations de génie; & si le bruit qu'elles feront parvient jusqu'à ma retraite, elle me sera doublement agréable.

LE VICOMTE DE BARJAC, OU MÉMOIRES,

Pour servir à l'Histoire de ce Siècle.

LE NOM du Vicomte de BARJAC est connu dans les fastes de Cythère. Cet homme, qui ne ressembloit à personne & étoit mieux que tout le monde ; cet homme, qui a adoré & trompé tant de femmes, mais tou jours cent fois plus esclave de ses devoirs que de leurs charmes ; cet homme à qui ses rivaux même pardonnoient ses conquêtes & leurs tourmens, nous a fourni le fond de ces Mémoires. Convive aimable, joueur désintéressé, ami solide, courtisan officieux, adroit consolateur, époux intelligent, philosophe sans faste, amant plus vrai que passionné, plus amusant que tendre, plus généreux que fidèle, telles sont ses qualités & ses défauts. Des épisodes entiers de cette histoire ont été rédigés par lui-même, chez une femme où il écrivoit souvent, parce qu'elle étoit voluptueuse, & peu spirituelle. C'est la clé de certains goûts qu'on ne peut expliquer entre un homme d'esprit & une maîtresse qui n'est que jolie.

Cette éducation, qu'on appelle une ſeconde nature, qu'on dit préparer le deſtin de la vie, fut ſi négligée chez le jeune Barjac, que jamais il n'eut ni gouverneur pour le former, ni précepteur pour l'inſtruire, ni maîtres pour lui donner du maintien, de l'agilité, de l'adreſſe & des graces. Il ne fréquenta ni les Académies, ni les Univerſités, ni les Lycées. Il ne connut ni les ſpectacles, ni ce que l'on déſigne par bonne compagnie, mot ſi inſultant pour les trois quarts des hommes. Une figure diſtinguée, un eſprit facile & pénétrant, un caractère aimable, une diſpoſition précoce à toute eſpèce de jouiſſances, voilà tout ce qu'il porta chez Madame la Comteſſe de Lanove, qui ſe chargea de ſuppléer à l'impardonnable négligence de ſes parens.

Cette dame, âgée pour-lors de quarante ans, réuniſſoit les perfections que les faiſeurs de romans accumulent ſur leurs premiers perſonnages, pour ſurprendre les ſuffrages en leur faveur. Il eſt impoſſible de dire quelles vertus lui manquoient, & quel défaut, les terniſſoit ; il eſt impoſſible encore de la peindre, puiſqu'on ne peut pas faire un tableau ſans ombres, & qu'on ne peut y en placer ſans être injuſte. Non ſeulement ſes amis ne ſont pas conſolés, mais ils n'ont pu, juſqu'ici, affoiblir le ſouvenir de ſa perte.

Elle vivoit dans un château antique & commode, dans une aiſance qu'elle ne craignoit pas de perdre, & qu'elle ne desiroit pas augmenter. Sa société étoit recherchée : elle avoit employé plus d'une année à la former. Mlle. d'A.... femme d'un esprit orné & d'un excellent conseil ; ses deux filles, entre dix-neuf & vingt ans ; une demoiselle, de trente, douée de ces qualités sociales, nées au sein de la pauvreté, avec lesquelles on ennoblit la servitude & on supplée à la fortune, en faisoient le plus bel ornement. On y trouvoit, en hommes, le Marquis de C....., plein d'idées heureuses, quoique sujet à faire de mauvaises Comédies ; un Abbé rempli d'imagination, de complaisance, de connoissances utiles, & qu'on trouvoit toujours, excepté à la toilette des dames ; le Comte de L...., que le monde alors n'avoit pas corrompu, & que l'amour de l'argent n'avoit pas jeté dans des discussions dont il n'a retiré que des ridicules ; M. R....., un de ces caractères enjoués, dont le plaisir est la grande affaire, & qui ne dérangent jamais celles des autres, parce qu'ils ne s'occupent que des leurs. Ajoutons à cette liste agréable le Comte de Lanove, dont la première des qualités étoit cette douceur qui fait le bonheur des gens délicats. Partagé en apparence entre ses jardins assez mal ordonnés ; la musique, devenue chez lui une passion ; la lecture, le second de ses besoins ; mais dans la réalité tout entier à sa femme, au bonhenr de laquelle il faisoit servir ses goûts & ses talens.

Ce tableau demeureroit trop imparfait, ſi nous ne revenions ſur Mlles d'A......, dignes d'un autre pinceau ſans doute. L'aînée, qui s'appelloit Julie, poſſédoit, au ſuprême degré, le ſecret précieux de parler aux ames; le ſon de voix enchanteur qui eſt leur organe, le regard doux, modeſte & expreſſif, qui ſupplée à ce que les idiomes ne ſavent pas faire entendre; le ſourir de l'innocence, ſi au-deſſus de la gaîté; cette confiance, qui honoroit ſi bien tous ceux avec qui elle vivoit; cette prompte intelligence qui ſe trahit, même en ſe retenant; enfin, une amitié tendre pour une perſonne de ſon ſexe, augure fidèle d'un autre ſentiment que la décence tient aſſoupi dans un cœur honnête, mais qui y attend ſans impatience le moment d'éclorre. Sa sœur s'appelloit Auguste. Une raison plus formée, un besoin de s'instruire & d'aimer plus marqué que chez Julie, s'annonçoient assez clairement : mais, résolue de choisir, elle rejetoit ces premières impressions, qui, quoiqu'on en dise, ne sont invincibles que lorsqu'on ménage ses facultés, ou qu'on donne peu de prix à la victoire. Il ne tenoit qu'à elle d'avoir cette facilité dans la répartie, dont il est aisé d'abuser. Un simple coup-d'œil d'une mère attantive rendoit ce talent agréable, & jamais dangereux.

Des déjeûnés, coupés par des lectures frivoles, mais piquantes ; des concerts qui tenoient au courant des nouveautés ; des spectacles de société, où l'on jouoit des pièces analogues au goût des acteurs ; des promenades, dont le but étoit souvent un acte de bienfaisance ; des après-dînées, où chacun alloit dans la retraite ; causer avec soi-même, ou donner un moment à ses affaires personnelles ; des soupés dont la gaîté s'emparoit, mais cette gaîté à laquelle la décence prête son charme officieux, & l'esprit ses ressources fecondes ; des parties innocentes, qu'on n'achetoit, ni par les longs préparatifs qui fatiguent, ni par les regrets qui suivent les dépenses inutiles ; de petits voyages, pour prévenir les effets de la monotonie, partageoient les momens de ces personnes qui avoient mis en commun leurs défauts, leurs goûts, leur moyens, quelques talens, & beaucoup d'indulgence.

Loin d'elles la prétention, humiliante pour les autres, de se suffire à soi-même. On avoit, au contraire, l'obligeante attention de recourir à leur commerce, & de paroître s'amuser de leurs plaisirs.

Tel étoit le genre de vie qu'on menoit au château, lorsque le Vicomte de Barjac y fut amené en 1759, pour y passer plusieurs mois. La Comtesse de Lanove, très-liée avec sa mère, protégea son embarras & sa gaucherie contre les plaisanteries de la plupart des gens du monde; elle étudia son caractère, & sûre à-peu-près qu'il savoit se taire & écouter, elle l'entreprit. Voici sa méthode, faite pour servir de modèle.

Ce qui tient à la raiſon, aux vertus de notre ſexe, elle le lui faiſoit dire par des hommes d'un âge ſupérieur ; ce qui pouvoit affliger ſon amour-propre, elle le diſoit elle-même. Ce qui ſort de la bouche d'une femme, avec des ménagemens, peut déchirer le cœur, mais non humilier. Quand elle ſurprenoit de vrais défauts, elle envoyoit un livre qui en contenoit la ſatyre. Cet inſtituteur muet, mais éloquent, corrigeoit ſans faire rougir. Adèle peut égaler, non ſurpaſſer cette adreſſe, néceſſaire quand on s'en prend aux paſſions des hommes.

Auſſi trois mois après le Vicomte ne fut plus reconnoiſſable : il avoit perdu la timidité qui gêne, & conſervé la modeſtie qui prévient ; il parloit avec assez de facilité, & écoutoit avec beaucoup d'intérêt; il étoit de tout, parce qu'il ne s'invitoit à rien. Enfin, il laissoit percer tout naturellement le desir d'être mieux, dont on sait tant de gré à la jeunesse.

Ces qualités naissantes n'échappèrent à personne dans le château, & laissèrent une impression trop vive au cœur de Mlle. d'Alison, cette demoiselle de trente ans dont la Comtesse avoit fait son amie. Le petit ridicule que la disproportion d'âge jetoit sur cette espèce de passion, redoubla chez elle le soin de la cacher, non seulement à celui qui l'avoit fait naître, mais à Madame de Lanove, qui, sans avoir la sévérité de la pédanterie, aimoit cependant les réserves de la prudence.

Il inspiroit assez d'intérêt pour que chacun se piquât de lui apprendre quelque chose. Le Marquis de *** lui enseignoit la déclamation, Mademoiselle Jules A... le dessin, Mademoiselle d'Alison à chanter.

Il avoit fait des couplets qui devoient être chantés dans une piéce qu'on alloit jouer, & il avoit tû son nom. A la répétition ils furent trouvés détestables. Soit qu'on le soupçonnât d'être le coupable, soit qu'on le crût à même de faire mieux, on le chargea d'en faire d'autres. Il accepte; & dès le même soir, lorsqu'on alloit se coucher, il demande à Mademoiselle d'Alison la permission d'entrer dans sa chambre pour lui entendre encore une fois chanter l'air, & le mieux ſaiſir. Non ſeulement elle y conſent ; mais elle ajoute: voici une table & un crayon, mettez-vous là ; & lorſque la proſodie vous embarraſſera, je viendrai à votre ſecours. Il ſe met à compoſer, elle à ſe déshabiller. Dans la chaleur du talent il n'apperçoit pas même Mademoiſelle d'Aliſon fixant ſur lui des yeux que la tendreſſe égaroit, triomphant ſans doute, mais avec trop de peine, de ſes ſentimens involontaires, & n'oſant, par le plus léger ſoupir, attenter à l'innocente candeur d'un jeune homme ignorant lui-même les feux qu'il allumoit.

Ses couplets étant achevés, il ſe lève ; & ſoit que ſon imagination fût exaltée, ſoit qu'il eût rencontré les regards éloquens de Mademoiselle d'Alison, il les chante avec l'expression du desir. Le silence perfide de la nuit, l'épuisement qui naît de la contrainte, l'influence de l'heure, la trahison des sens, tout conspira contre la force de cette fille prête à perdre la sagesse en invoquant la vertu. Son visage enflammé se panche sur celui du Vicomte. Elle n'avoit pas perdu connoissance, mais la force de résister. Les reproches qu'elle se fit, apprirent son fatal secret à l'heureux jeune homme qui va devenir son amant. Il s'efforce d'appaiser d'injustes remords; & voulant tomber à ses pieds, il renverse la table qui portoit les bougies. Elles sont éteintes, le hasard nullement prévu coûte l'innocence à une fille qui arrosoit de ses larmes les mains de son vainqueur. Si les ténèbres n'avoient pas favorisé une timidité qui n'est qu'à cet âge, il est à présumer que l'inexpérience de Barjac auroit perdu les doux momens en déclarations & en baisers, au lieu que la nuit prêtant son ombre à ses amoureuses entreprises, il fut heureux plus d'une fois jusqu'à l'instant cruel où le crépuscule trop prompt menaça la pudeur de rendre la lumière à la terre; il fallut donc se séparer.

Quelle nuit! Comment échapper à la reflexion traînant à sa suite les remords d'un crime, les craintes de l'inexpérience; la perspective de tout un avenir échangé contre quelques momens d'ivresse? que faire?

à qui se confier ? nul prétexte de fuir ; se troubler à chaque instant d'amour ou de honte. Les irrésolutions, premier tourment de la vertu outragée, la conduisirent au plus violent des partis. Elle court, les yeux gonflés de larmes, chez la Comtesse, & se jetant aux pieds de son lit, couvrant son visage de ses mains, elle donne cours à ses sanglots. Madame de Lanove interdite, & sur-tout émue, lui tend les bras, enhardit sa confiance, & sollicite même son secret avec le ton de l'amitié indulgente, & non de la curiosité inquiète. Elle soupçonnoit bien l'amour, cette cause ordinaire de la plupart de nos tourmens ; mais elle étoit loin de penser que c'étoit déjà une victime immolée à ses fureurs.

Mademoiselle d'Alison succombant sous ses chagrins, épanche son ame toute entière, raconte la naissance de cette passion, ses progrès si bien cachés, sa résistance si mal récompensée, enfin les suites imprévues de cette funeste soirée.

La Comtesse étonnée d'un pareil dénoûment, n'ajoute point des reproches à la douleur qui l'accabloit ; mais après avoir préparé son esprit à la voix tranquille de la raison, elle lui parle en ces termes :

« Vous n'êtes pas sans doute la
» millième femme que l'amour à
» égarée ; mais peut-être êtes-vous
» la première qui ayez cherché des
» armes contre lui dans une démar-

» che aussi extraordinaire. On con-
» noît trop votre situation pour ne
» pas suspecter tout prétexte qui hâte-
» roit votre départ. Ce n'est pas
» vous qu'il faut éloigner ; c'est le
» Vicomte. J'en fais mon affaire : la
» vôtre est de supporter son ab-
» sence. Je remets à des tems plus
» heureux le calcul des différences
» de ce que l'amour promet & de ce
» qu'il donne. Votre secret est de
» nature à demeurer enséveli à jamais
» entre vous & moi. Mon mari peut
» arriver à chaque moment ; il ne
» faut pas même une conjecture ».

Non, non, Madame ; la retraite la plus austère seule expira une faute que votre indulgence peut pardonner, mais non justifier. Trente ans de sagesse ont échoué contre un jeune homme dont je n'ai pas même interrogé le cœur. Vous, ange tutélaire, vous daignez encore me plaindre; lui me méprise peut-être, & je m'abhorre. Si j'étois assez vile pour ne pas divulguer aujourd'hui mon crime par une rougeur involontaire, quelle idée vous resteroit-il de moi? & si mon embarras me décèle aux yeux de tous ceux devant qui je vais paroître, que ferai-je? que ferez-vous vous-même, femme indulgente & respectable? pouvez-vous tendre une main secourable à qui souille l'asyle de la vertu & le temple de l'hospitalité?

La Comtesse touchée jusqu'aux larmes de l'expression de sa douleur n'essaie pas de la calmer, mais d'en suspendre l'excès; elle trouva une raiſon plauſible d'éloigner le Vicomte, & ménagea les choſes de façon que rien ne tranſpira. C'eſt le beſoin de médire qui ouvre les yeux ſur toutes les petites aventures de ſociété; l'oiſiveté les recueille; le deſir de briller les traveſti. Mais comme les amis de Madame de Lanove n'étoient ni méchans, ni déſœuvrés, ni ſtériles, ils ignoroient tout ce qu'on vouloit leur faire ignorer.

Le jeune Barjac déſolé, mais trop reconnoiſſant pour n'être pas aveuglément docile, ne compte que ſur une abſence de quelques jours. Une lettre tendre & reſpectueuſe ſupplée à une entrevue que Madame de Lanove ſut rendre impoſſible. Le ſtyle de cette lettre porte quelque douceur dans l'ame de Mademoiselle d'Alison ; un autre petit évènement l'augmenta encore. Lorsque Mademoiselle Julie d'A. . . apprit le départ précipité du Vicomte, elle cacha fort mal la peine qu'il lui causoit, & Mademoiselle d'Alison trouva dans ce sentiment quelqu'ombre d'excuse à sa foiblesse ; les malheurux s'accrochent à tout. Partagée entre l'impossibilité de vivre sans le savoir, & de le voir sans danger, elle combinoit le plan d'un sacrifice entier, lorsqu'un évènement affreux confondit tous ses chagrins particuliers, dans un deuil général. La Comtesse de Lanove est attaquée d'un violent mal de gorge, la fièvre se déclare, l'esquinancie se forme, elle est morte dans quarante - huit heures. L'un entraîne ſon mari, la déſolation diſperſe les autres; Mademoiſelle d'Aliſon demeure ſeule attachée à ce cadavre inſenſible; oppreſſée de ſa douleur, & ne pouvant même verſer une larme, elle lui envie cent fois la tombe dans laquelle elle la place; & après avoir recommandé cent fois ſon ame coupable à ſa vertueuſe amie, elle quitte ces lieux de deuil & de triſteſſe, & va tomber aux pieds d'un crucifix dans un couvent voiſin, & fait ſerment à Dieu même de ne plus quitter cet aſyle affreux des larmes & du repentir; fidèle à ſa promeſſe ſacrée, pendant trois ans qu'elle a vécu encore, elle combattit ſon amour, & périt, victime de ſes réſiſtances, répétant ſans ceſſe le nom de ſon amant juſqu'aux pieds de celui à qui elle l'avoit immolé.

O religion ſainte ! que de malheureux ont trouvé dans tes bras, ſinon l'oubli de leurs maux, du moins la ſuſpenſion de leurs douleurs! ferme-les à l'impie qui t'outrage, & méconnoît tes bienfaits, mais ouvre-les à l'infortuné qui t'invoque, & auquel ſeul tu reſtes, lorſque l'univers l'abandonne à ſes larmes & à ſon affliction.

Cette femme emporta avec elle le bonheur de tout ce qui l'avoit entouré ; l'être le plus cher à ſon cœur, & le plus aimable, vit inſenſiblement ſes facultés s'anéantir ; il traîne encore à Paris une vieilleſſe précoce, & abandonne ſon exiſtence, trop longue à ſon gré, à la première cotterie qui veut l'aider à en porter le fardeau. Les Demoiselles d'A.... ont perdu, dans un mariage ordinaire, les avantages qui leur promettoient une si heureuse destinée, & n'ont jamais été appréciées. Le Marquis de C.... consomma deux sottises, que ses conseils avoient prévenues, un livre ridicule, & un mariage mal assorti. L'Abbé donna dans les aventures du jansénisme, & du refus des sacremens; le Vicomte pleura sa protectrice, sans bien sentir l'étendue de la perte qu'il faisoit, & regretta plus encore celle que la religion enlevoit à l'amour. On lui avoit fait connoître les principes du bien, mais on n'avoit pas eu le tems de les graver dans son ame.

Ses parens le mirent au service.

En vain l'on donne des tuteurs aux passions : il est un âge où elles brisent tous les freins; & rien n'arrête la fougue impérieuse. Le premier usage de sa liberté fut en faveur de Paris, ce vaste & tumultueux asyle des vices & des plaisirs. Ses moyens bornés ne lui permettoient pas de tenter les aventures d'éclat dont la Cour est le théâtre ; il fallut partager son tems entre les spectacles, les soupés qui les suivent, & les nuits qu'on y prépare. Il a lui-même sagement retranché de ses mémoires les détails si peu intéressans de ces jouissances faciles qui n'ont que le prix du moment & le mérite de l'à-apropos ; de ces conquêtes de garnisons, qui vous associent à dix ans de ridicule acquis sous vos prédécesseurs ; de ces amours de campagne, dont le commencement est si romanesque, & le dénoûment si prompt & si ordinaire. Parmi cependant les aventures de ce genre, qu'on ébauche le matin & dont on est récompensé le soir, il en est une qui peut fournir quelques réflexions utiles à la jeunesse crédule.

Il soupa chez un garçon riche & fastueux, avec une Demoiselle Elmire, jadis à l'Opéra, & vivant depuis aux dépens de son cœur. On la distinguoit cependant de ses rivales : son ton étoit moins libre, son éducation paroissoit avoir été plus soignée, & on lui savoit gré sur-tout de la violence qu'elle se faisoit pour se mettre au niveau de l'indécence qui combat l'ennui de ces sortes de parties. Le Vicomte fit ces observations, mais ce n'étoit qu'intérêt de curiosité : aussi oublia-t-il dès le lendemain, comme cela se pratique, ce qu'il avoit appris la veille.

Mais quelques jours après, étant allé à la Comédie italienne, il se trouve à l'orchestre, placé près d'Elmire. Il s'en félicite, & commence ces propos de circonstances dont les femmes font quelque chose quand elles se trouvent dans un moment d'oisiveté, & qu'elles laissent tomber avec dédain lorsque leur cœur est occupé. Elmire répondit que le desir de voir une pièce nouvelle l'avoit amenée dans le champ-clos des déclarations, des infidélités, de la coquetterie, que, comme elle étoit tout arrangée, ce qu'on lui disoit ne pouvoit lui être agréable, sans devenir intéressant. Le Vicomte changea de propos, & vint au souper, l'époque de leur connoissance. C'est encore, observa-t-elle, une inconséquence de l'homme auquel j'ai lié mon sort : il me mène partout. Il est vrai que, ce jour-là, j'étois chez un de mes compatriotes. Le Périgord est donc votre patrie, reprit vivement M. de Barjac ? Cet empressement rendit Elmire plus discrette. Pour ne pas s'engager dans des détails, elle ajouta; La patrie d'une fille de mon état est Paphos ; nous sommes trop intéressées à oublier l'autre, à oublier sur-tout les causes malheureuses qui nous la font déserter. Elle étendit son éventail devant ses yeux, détournant un peu le visage, mais point assez pour que le Vicomte n'apperçût pas des larmes prêtes à couler.

Outre qu'il ne connoissoit point encore aux femmes l'heureuse facilité de pleurer, il ignoroit la raison qui faisoit verser celle-ci. La toile se leva. Pendant la pièce, il réfléchissoit sur la différence d'Elmire à ses compagnes, presque toujours si ridiculement empressées de se donner une origine, & de couvrir d'un voile romanesque la galante époque de leur arrivée à Paris.

Lorsque la première pièce fut finie, il demanda à Elmire s'il étoit possible de lui rendre des devoirs. Vous voulez dire des soins, répondit-elle ; non, à moins que vous ne connoissiez le Marquis de Barages. C'est le seul homme qui puisse vous amener chez moi. Je le connois beaucoup, dit le Vicomte; je crois même être sûr qu'il ne me refusera pas le plaisir de causer quelquefois avec vous.

Le Marquis étoit bien un peu soigneux, mais il avoit la manie, ou plutôt la vanité de montrer sa maîtresse. Et comme elle affichoit toutes les apparences de la fidélité, son amour-propre l'emportoit sur sa jalousie. Il donna donc à souper au Vicomte, chez Elmire; le Marquis, pressé de la faire valoir, ne tarda pas à raconter sa naissance, ses aventures, les séductions qui séparèrent sa jeunesse & son innocence. Elle étoi en effet d'une bonne maison, extrêmement pauvre, & dès-lors oubliée dans le fond de sa province. Les suites ordinaires d'un enlèvement fait par un amant ſans bien, ne lui laiſſèrent que le choix d'une pauvreté difficile à ſupporter, ou d'une fortune aiſée à faire. Cette confidence prématurée étoit une invitation à M. de Barjac de vivre en ſociété avec eux. Il en profita peu : quelques ſoupés de loin en loin, & voilà tout.

Peu de femmes pardonnent l'indifférence. Celles qui ſont vertueuſes veulent toujours être à même de refuſer ; à plus forte raiſon celles qui n'ont qu'une ſageſſe de calcul. Elmire n'aimoit point préciſement, mais elle auroit vu volontiers dans ſes fers un jeune homme aimable qui n'avoit ni l'innocence de la province, ni l'expérience de Paris ; dont les vices n'étoient encore que commencés. D'ailleurs une raiſon prématurée a quelque choſe d'extrêmement piquant quand elle eſt jointe à beaucoup d'eſprit & à beaucoup de douceur.

Le Marquis de Barages prit une amitié ſi tendre pour ſon rival, qu'il lui offrit ſon crédit, ſes bons offices, ſa maiſon ; il étoit Officier-général, riche, Commandant de Province, d'une de ces familles qui tiennent à tout. Les nombreuſes démarches qu'il fallut faire dans un pays où rien n'eſt aiſé à obtenir, obligèrent à ſe voir plus ſouvent. La chaleur qu'y mit Elmire n'échappa point au Vicomte ; il parloit ſouvent de ſa tendre RECONNOISSANCE ; elle, de la vivacité de ſon AMITIÉ ; les baiſers ſe joignirent aux remercîmens, les careſſes aux ſentimens ; on s'accuſe d'ingratitude envers le Marquis, & tout en diſant combien il ſeroit affreux de le tromper, on le trompe, dans le moment que ſon zèle s'employoit avec le plus d'ardeur.

Elmire étoit du petit nombre des femmes dont la jouiſſance fait d'un goût une paſſion. La douce fraîcheur de ſon haleine, l'élégance voluptueuſe de ſa taille, la richeſſe de ſa gorge, la beauté de ſes formes, faiſoient d'un plaiſir commun un plaiſir entièrement neuf. Jamais femme n'a porté plus loin la magie de la jouiſſance. Elle avoit le rare & délicieux ſecret d'inviter la pudeur où tant d'autres la croient gênante. Il ſembloit qu'on avoit toujours deviné le moment de ses desirs. Pendant les calmes, le sentiment le plus vrai & le plus tendre persuadoit qu'on avoit tout accordé au cœur, & rien à la nature. Le Vicomte n'étoit pas encore assez avancé pour analyser ces gradations; il jouissoit avec ivresse, sans connoître la cause de son bonheur. Car enfin, quelques efforts que l'on fasse pour spiritualiser l'amour, il faut avouer que le desir le fait naître, que le plaisir l'alimente, & que l'art de jouir le fixe entre deux êtres qui adorent ensemble le dieu charmant.

Le bonheur de cette liaison dura, parce qu'il falloit l'envelopper du voile utile du mystère. Les rencontres amoureuses étoient rares. La nombreuse société d'Elmire donnoit lieu à toute eſpèce de diſſipations. A cette ſociété étoient admis non ſeulement les beaux-eſprits en titres, mais auſſi ceux de la cour, qui commencent à faire une claſſe non moins prétentieuſe que les autres. On y voyoit cet heureux Marquis, enfant gâté de la nature, de la fortune & des muſes, mêlant les palmes de l'éloquence aux fleurs de la poéſie, qui a mépriſé juſqu'à la gloire, & aimé enfin les femmes. Il y mentoit avec grace, & amuſoit du moins, s'il ne pouvoit pas ſéduire; on y voyoit encore l'infortuné Peſay, loin de prévoir alors qu'il feroit un grand Miniſtre, un grand mariage, & de grandes ſottiſes politiques. Il faiſoit des vers que Dorat corrigeoit, de petits ſoupers où il chantailloit, de petites infidélités à Madame de M.... qui les ignoroit ou les pardonnoit. On y rencontroit enfin des hommes qui depuis ont joué sur la scène du monde de bons & de méchans rôles. B.... à qui l'on ne parloit pas de certain voyage en Espagne. L...., qui datoit du siècle d'Alexandre, & ne savoit pas alors que le barreau étoit l'arène où il devoit paroître, & non dans le champ de la littérature polémique. F......, qui a *massacré* tant de talens, & fait repentir la nature de ce qu'elle lui avoit prodigué. D...., alors chansonnier grivois, fabuliste galant, devenu depuis une manière de grand seigneur. Un être amphibie, moitié franc, moitié anglois, quelquefois honnête homme, quelquefois fripon, mystificateur, joueur, espion, parasite, &, quoi qu'en dise tout Paris, ordinairement ennuyeux; un Chevalier, le plus aimable des égoïstes, le plus scélérat des amans, le plus inutile des amis, le plus amusant convive; un Marquis, gonflé de prétentions, cocu dans sa petite maison, cocu dans son superbe hôtel, cocu dans sa terre, malgré sa magnificence, ses grands soupés & sa tendresse; un Abbé charmant, qui achetoit des maisons, des bénéfices, des terres, des places, faisoit avec la même facilité des remontrances au clergé, des enfans aux filles, & des procès à ses moines, enrichissoit ses nièces & ses bâtards, jouissoit de tout & se prêtoit à tout, parce qu'il se moquoit de tout; un Grand d'Espagne plein d'esprit, de talens, de connoissances, écrivant bien en vers, en prose, parlant toutes les langues, jouant de tous les instrumens, & le plus insupportable des mortels; plus connu depuis par ses étourderies, ses voyages, ses malheurs; indignement calomnié, mal-à-propos déshérité, regorgeant de ridicules, ayant beaucoup de défauts, quelques petits vices si l'on veut, mais non de ceux dont la malignité humaine a tenté de le noircir.

Une société ainsi composée doit nécessairement fournir des évènemens, des distractions, & quelques plaisirs. Six mois se passèrent comme un jour. Les seules inquiétudes qui les troublèrent nâquirent de la jalousie du Marquis de Barages. Il plaça des espions sur les traces d'Elmire, & acquit trop facilement, pour son honneur, ces lumières qu'il cherchoit. Le cœur plein de soupçons & d'amertume, il arrive un matin chez le Vicomte, se promène à grands pas, l'œil en feu, le front rembruni, le désespoir dans l'ame; il se jette ensuite dans un fauteuil, & après un demi-quart d'heure de silence, la tête appuyée sur sa main, « je suis trahi, dit-il, mon ami, & » je le suis par une femme à qui j'avois rendu, sinon l'honneur, du » moins quelques droits à la société, » par une femme perfide à qui j'avois livré mon cœur & mon existence entière. Ce qui met le sceau » à ma douleur, c'est qu'il faut lui » enlever jusqu'à l'estime. B...,

» le Chevalier de M......, l'ont » tour-à-tour. Comment n'avez-» vous rien soupçonné, rien vu, » rien dit ? Comment votre amitié » dort-elle quand on assassine votre » ami » ?

A ce mot seulement le Vicomte commença à respirer. Si le Marquis avoit alors fixé les yeux sur lui, il eût sans peine découvert un troisième coupable ; mais le désespoir lui ôtoit la faculté de rien voir.

M. de Barjac, furieux pour son propre compte, entre très-naturellement dans la colère du Marquis ; mais, desirant pouvoir confondre son infidèlle, il feignit une incrédulité qu'il n'avoit pas, & demande si les apparences qui ont tant de fois perdu l'innocent, dans cette occasion encore n'abusoient point ses yeux prévenus. M. de Barages lui jeta pour réponse plusieurs lettres d'Elmire à M. B.... & au Chevalier. Hélas! elles ne laissoient aucune ressource à l'amour-propre, si crédule dans les malheureuses positions. Rendez-moi un service, ajouta-t-il, mon cher Vicomte; allez chez cette impure, accablez-la de reproches, brisez mon portrait, & dites-lui les raisons pour lesquelles je l'abandonne au sort qui venge tôt ou tard les hommes dupes de ses pareilles. Je vous attends ici.

Le Vicomte part, & trouve Elmire dans un sopha lisant *les malheurs de l'inconstance*. Il n'avoit pas l'art de se composer, & d'ailleurs il n'est peut-être pas de sensation plus cruelle que la découverte d'une première infidélité. Aussi Elmire lut dans son ame. Qu'avez-vous, lui dit-elle, vous ou moi sommes menacés d'un malheur; encore une fois, qu'avez-vous? —— Des choses bien désagréables à vous faire entendre. Vous avez tout à la fois trahi la reconnoissance & l'amour, & déshonoré votre choix & votre amant. Croyez qu'il n'est pas possible de vous justifier, puisque je n'en ai pas trouvé le moyen. —— « Je soupçonne ce qui » a été découvert. J'ai un tort, » mais je n'ai que celui-là. Ce tort » est de n'avoir osé confier à votre » extrême-jeunesse le secret de ma » vie ». Elle balbutioit, & ses lèvres desséchées lui permettoient à peine de continuer. Le Vicomte, assez loin d'elle, écoutoit avec l'impatience d'un homme au supplice qui brûle de retrouver innocent ce qu'il a cru coupable. Elle se remit cependant, & continua en ces termes : ——— » Mes premières erreurs m'ont » jetée dans un état que j'abhorre, » vous le savez. Songer sans cesse » qu'une vieillesse misérable rempla- » ceroit une jeunesse criminelle, » empoisonne le moment dont je » jouis. M. de B..... m'a promis de » couvrir mes écarts du voile de » l'hymen ; en voici la preuve ; li- » sez (elle prit dans son secrétaire » une vraie promesse en bonne for- » me.) Quel moyen me reste-t-il de » nourrir la passion du seul homme » au monde qui peut un jour me » faire jouir de quelque ombre de

» vraie félicité ? Le forcerai-je par
» des rigueurs, ridicules à force
» d'être déplacées, à m'oublier dans
» des bras plus complaisans ? & la
» chimère de la fidélité détruira-t-
» elle la réalité de mon avenir ?
» Quant au vieux Chevalier (il avoit
» 41 ans), ce n'est pas goût assuré-
» ment : mais ma probité & mon
» honneur y sont intéressés. C'est
» lui qui me recueillit, lors de ma
» fatale arrivée dans cette ville ;
» c'est lui qui me sauva de la hon-
» teuse tutelle que la Police de Paris
» donne aux personnes de notre
» état ; c'est lui qui supplée aux be-
» soins qui précèdent le moment de
» la fortune ; c'est lui qui m'a pro-
» curé ces bienfaits reprochés au-
» jourd'hui. Qu'on les reprenne mille

» fois, s'il faut que je sacrifie mon
» premier bienfaiteur à une vapeur
» jalouse montée au cerveau du Mar-
» quis. S'il m'aimoit, n'ignoreroit-il
» pas ces détails, ou plutôt ne sau-
» roit-il pas ce qu'il en coûte pour
» acquitter de cette façon les dettes
» sacrées de la reconnoissance ?
» Quant à vous, Monsieur le Vi-
» comte, je me confesse inexcusa-
» ble. Il est sûr que non seulement
» j'ai obéi à mon cœur, mais que
» j'ai presque été au-devant de vo-
» tre insensibilité. Un sentiment trop
» vif sans doute, mais dont ce n'é-
» toit pas à vous à me punir, en-
» lève ce cœur au Marquis, pour
» vous le livrer tout entier. Ce que
» j'ai fait il y a un quart d'heure,
» vous prouvera au moins si j'ai eu

» quelque réserve. Aujourd'hui tout » est changé. Rendez-moi un gage » de mon amour qui cesse d'être » quelque chose pour vous ».

Comme il ne comprenoit pas ce que cachoient ces derniers mots, il lui en demanda le sens. Alors elle lui expliqua que dans le même moment son laquais lui portoit son portrait. Elle avoit cédé à un caprice du Vicomte qui la desiroit comme étoit Diane lorsqu'elle fut surprise par Actéon.

Ah malheureuse ! s'écri-t-il, qu'avez-vous fait ? Le Marquis m'attend chez moi. Ce tableau sera tombé dans ses mains furieuses. A peine a-t-il achevé ces mots que Monsieur de Barages entre comme un homme hors de lui-même ; & tirant son

épée, « défendez-vous, dit-il,
» Monsieur; & puisque je suis en-
» vironné, de traîtres, je n'ai plus
» de ménagemens à garder». Le
Vicomte, sans perdre la tête, se
met en défense, mais observe avec
fermeté que l'endroit où ils étoient
convenoit mal à de semblables dé-
bats, & qu'il vaudroit mieux les
vuider ailleurs. Cette réflexion éclaira
le Marquis; ils choisirent le bois de
Vincennes. M. de Barjac sortit pour
se procurer une voiture. Elmire pro-
fita de ce moment pour adresser les
paroles suivantes à M. de Barages.
« Vous n'avez d'autres droits sur
» moi que ceux que je vous ai donné.
» Dès l'instant que, tout entier à votre
» vengeance, vous voulez m'anéan-
» tir & ne rien écouter., je puis

» vous demander, Monsieur, qui
» autorise l'indécente scène que vous
» venez faire chez moi. Reprenez
» des bienfaits qui me coûte trop
» cher aujourd'hui. J'ai tort sans
» doute d'avoir écouté un jeune
» homme aimable; j'ai tort d'avoir
» voulu allier les complaisances de
» l'amitié reconnoissante aux besoins
» irrésistibles d'une passion involon-
» taire : mais ce tort ne'st-il donc
» pas compensé par mes sacrifices
» continuels ? N'est-ce donc rien
» que mon empressement à vous
» plaire ? En avez-vous moins régné
» sur mes volontés ? Avez-vous ja-
» mais d'obstacles à vos desirs ou
» à vos caprices ? Qu'ai-je pu
» faire pour vous que je n'aie pas fait?
» Vous n'êtes cependant pas le seul

» homme qu'une grande fortune » mettre à même de conclure ces » sortes de traités où des assiduités » complaisantes, toujours au pouvoir » d'une femme honnête, tiennent » lieu de ces sentimens exclusifs, » dons passagers de l'amour aveugle. » Allez, Monsieur le Marquis, assou- » vissez votre vengeance ; livrez une » femme qui vous a aimé aux sévé- » rités injustes, mais nécessaires, de » l'ordre public ; arrachez la vie à » un enfant, si vous êtes heureux ? » laissez-le accablé sous le poids du » crédit de votre famille, si vous » succombez ; quant à moi, je vais » attendre mon sort ».

Les sophismes mêmes ont de l'empire dans la bouche d'une femme qu'on aime. Les réflexions d'Elmire n'étoient pas sans vérité. Sur ces entrefaites entra M. de Monnerville ; c'étoit un ancien ami du Marquis, qui avoit servi trente ans dans son régiment, sous les ordres de son père & sous les siens ; un de ces hommes qui se donnent à une famille à laquelle ordinairement ils rendent des services essentiels pour une très-stérile protection. Elnuite avoit eu la présence d'esprit de l'envoyer chercher, dès le commencement de l'orage, comme l'homme le plus propre à le calmer. Dès qu'il fut assis, elle descendit pour parler au Vicomte qui attendoit, dans une voiture, M. de Barages. Alors M. de Monnerville, après avoir écouté les plaintes du Marquis, lui fit observer que l'orgueil des hommes portoit la tyrannie jusques dans des liaisons de plaisir ; que celui qui comptoit sur la fidélité, se berçoit d'un vain songe ; que nous nous arrogions sur les femmes des droits que nos bienfaits & leurs complaisances ne nous donnoient pas ; que toute espèce de scènes formées par la jalousie ou par l'amour, étoient ridicules dès-lors qu'elles éclatoient ; que l'âge du Vicomte de Barjac excusoit ses torts, torts presqu'inévitables entre la jeunesse ardente & la beauté sensible ; qu'il ne lui restoit que le choix entre un pardon généreux ou une retraite paisible. Ces raisons, dictées par l'amitié & par l'expérience, portèrent la persuasion dans le cœur ulcéré du Marquis.

Elmire de son côté, pendant cet entretien, avoit fait comprendre à

M. de Barjac qu'il étoit des scènes dont le dénoûment étoit une séparation forcée ; qu'elle avoit besoin de quelques jours pour engager le Marquis à lui rendre sa liberté ; & qu'alors elle le feroit avertir. M. de Monnerville vint les interrompre. Il étoit chargé d'emmener M. de Barjac, & de lui recommander le secret sur un évènement qui faisoit peu d'honneur à sa reconnoissance. Elmire rejoignit le Marquis, dont l'amour s'enflammoit en raison de ce que s'affoiblissoit son jaloux transport.

On devine sans peine que les mêmes reproches & les mêmes excuses furent répétés cent fois encore ; que l'on ne s'épargna pas ces éternelles récapitulations de torts passés, de promesses sans effet, de sermens trahis. On eſt docile lorſque l'on eſt coupable. Elmire écouta tout, & ne ſauva rien à ſon amour-propre, & finit, en l'embraſſant, par lui demander deux jours ſeulement pour lui donner une preuve de ſon rare attachement, malgré les irrégularités qui l'accuſoient. Le Marquis y conſent, & ſaiſit une lueur d'eſpoir de retrouver des erreurs, & non des infidélités. Ce que nous venons de raconter s'étoit paſſé un ſamedi. Elle lui donna rendez-vous pour le lundi ſuivant, à ſix heures du ſoir : employa ces deux jours à dreſſer ſes batteries ; fit inviter, pour la même heure, les différentes perſonnes néceſſaires à ſon plan.

Le moment arrive. Le Marquis paroît avec M. de Monnerville. Il trouve dans la salle le Vicomte, M. de B...., le Chevalier, deux autres personnes qu'il ne connoissoit pas : Elmire étoit mise avec la simplicité d'une femme de ménage, un grand bonnet, une robe de toile, un tablier de tafetas verd. Chacun gardoit le silence ; elle le rompit en ces termes : « Je vous » dois ma fortune, Monsieur le Mar- » quis ; à vous, Monsieur le Cheva- » lier, la conduite qui me l'a méri- » tée ; à vous, Monsieur de B...., » plus qu'à qui que ce soit, puisque » vous me rendez un état sans le- » quel la fortune n'est rien. J'atteste » le Ciel, qui foudroie les parjures, » que je n'ai eu qu'un tort avec vous, » Une passion invincible à emporté » mes résolutions & ma fidélité. Je » vous venge aujourd'hui par un sa-

» crifice qui coûte cher à mon cœur.
» Je ne vous fais point de chagrin
» de vous parler de vos bienfaits,
» mon cher Marquis, ils me retrace-
» ront fans ceffe l'homme que j'aime
» de la plus tendre amitié & dont
» j'honore également les vertus &
» les talens. Je n'ai qu'un moyen,
» mon cher Vicomte, d'acquitter ce
» que je dois à M. de B.... ; c'eft de
» ne vous plus revoir. Il fait beau-
» coup pour moi. Ne fera-ce rien
» pour vous de penfer que l'effort
» que je fais dans ce moment, vaut
» feul tous fes bienfaits » ?

Pour toute réponfe, le Vicomte ému, l'embraffa & fortit. Alors fon courage revint tout entier; le notaire lut fon contrat de mariage. Elle pria le Marquis de le figner. Il y mit pour condition le don d'une petite terre ſituée dans le Languedoc, où elle ſe propoſoit de ſe retirer en quittant Paris.

Pénétrée de reconnoiſſance, elle fit tous ſes arrangemens, & ſe rendit à la terre où le Marquis lui promit d'être un jour le témoin de ſon bonheur. Sa mort, qui arriva ſix mois après, ne lui laiſſa pas accomplir ſon projet. Il eût trouvé en effet une femme auſſi ſage, auſſi concentrée dans ſes devoirs de mère, que ſi elle eût paſſé du ſein de l'innocence dans le chaſte lit de l'hymen.

Dieu fit du repentir la vertu des mortels.

Cet évènement fit une impreſſion toute différente ſur le Vicomte de Barjac. Son amour - propre lui perſuada qu'Elmire s'étoit décidée trop facilement à une ſéparation entière. Il écrivoit à un de ſes amis, « que » l'amour eſt rarement un ſentiment » profond, mais un prétexte d'avoir » & de donner du plaiſir ; que la » femme qui vend ſes charmes ne » livre preſque jamais ſon cœur ; » qu'il eſt une claſſe d'êtres féminins » chez leſquels il faut chercher ſeu- » lement la beauté, l'amuſement, & » des ſenſations voluptueuſes ; que » lorſqu'on fait profeſſion d'obéir à » ſes ſens & à ſes caprices, le goût » de la nouveauté ſuffit ſeul pour » faire une infidelle ; or cette nou- » veauté perfide reproduit tour-à- » tour les traits d'Adonis, la force » d'Hercule, le courage de Roland, » la douceur, de Médor, la généro-

» sité de Tancrède, la complaisance
» de Renaud. Comment échapper à
» tant de charmes, si l'on n'est pas
» soutenu par l'honneur de conven-
» tion attaché à la résistance » ?

Le désagrément de cette aventure interrompit, du moins pour quelque tems, l'habitude de rendre des soins & d'essayer des conquêtes. La coquetterie d'esprit est chez les hommes ce qu'est l'usage de la beauté chez les femmes. Le Vicomte se mit en tête d'acquérir des talens. La culture pare un fonds ordinaire, mais elle triple les ressouces d'un homme né spirituel & pénétrant.

M. de Barjac ne fut rebuté ni des incertitudes fatiguantes de l'histoire, ni des mystérieuses enveloppes dont la chymie se voile aux yeux des mortels, ni des prétentions de la philosophie ſuperbe. Il s'apperçut bientôt que nous avions des conteurs élégans & prolixes, plutôt que des peintres; que l'art d'Hermès conduiſoit aiſément à un certain terme, au-delà duquel on ne trouvoit plus qu'eſpérances vagues, vaines promeſſes, ébauches imparfaites, ſuccès manqués; que la vanité préſidoit aux enſeignemens de la raiſon. Malgré ces triſtes découvertes, il ſe familiariſa avec les premiers naturaliſtes du monde, les allemands; avec des hiſtoriens qui ſemblent penſer pour le reſte des nations, les anglois; & le petit nombre de philoſophes éparts ſur le globe entier. Il acquit plus de graces dans le langage, plus de juſteſſe dans la manière d'obſerver, plus de confiance dans les ressources de l'esprit humain. L'étude des hommes, le premier des besoins devint aussi la première de ses occupations. De là, plus d'indulgence pour les erreurs, plus d'égards pour les talens, plus de respect pour les vérités, plus de foi aux vertus humaines. Heureux si cet utile emploi du tems pouvoit remplir le vuide de l'ame, & assurer l'empire des mœurs! mais en rendant un homme plus aimable, il le rend aussi plus dangereux. Une des plus belles femmes de la province en fit l'épreuve.

M. de Barjac s'étoit rendu à son régiment, alors en garnison à Aix. On n'y parloit que des graces de Madame la Comtesse de Berlits. C'étoit la femme d'un riche Gentilhomme, donnant la moitié de son tems à l'économie rurale qu'il aimoit avec passion, & l'autre au plaisir qu'il aimoit plus encore. Il avoit en outre de la littérature, du goût pour les beaux-arts, assez de connoissances pour que son suffrage fût ambitionné. Il croyoit avec réserve à la vertu des femmes, un peu plus à la vigilance d'un mari, beaucoup aux procédés & aux soins. La sienne lui devoit une grande aisance, une honnête liberté, & en vérité presque tout le bonheur dont est susceptible l'état du mariage. Elle avoit si bien calculé ces jouissances diverses, que tous ceux qui lui proposèrent d'y ajouter les douceurs de l'amour, avoient échoué. Plus d'une fois, dans la nécessité de combattre, sa raison la sauva du malheur [illegible]aire. Attachée à ses devoirs, [illegible] ne lui auroit fait oublier l'éco[illegible]mie de sa maison, l'éducation de [illegible] enfans, les devoirs dus à ses pa[illegible]ens, sa tendre amitié pour son mari. [illegible], née avec une ame de feu, elle [illegible] pas à l'abri d'un choix heu[illegible]reux, & de cette espèce de séduc[illegible]tion qui naît d'un esprit aimable & d'un caractère fier ; elle avoit parmi les femmes cette considération qu'elles [illegible] à une conduite soutenue, [illegible] l'éloignement des tracasseries, & à la tolérance de société. Une figure noble, une taille avantageuse secon[illegible]doient merveilleusement ces disposi[illegible]tions morales.

Le Comte de Berills ne se pressoit pas d'ouvrir sa maison aux officiers,

TROP OU TROP PEU AIMABLES,

difoit-il. La réputation d'homme appliqué valut une exception au Vicomte. Il fut accueilli & presque recherché. Les agrémens qu'il découvroit de jour en jour dans cette société, l'engagèrent à des frais extraordinaires. Aussi fut-il jugé supérieur à sa réputation. M. de Berlits disoit en plaisantant à sa femme : Si vous & moi n'y prenons garde, le Vicomte troublera un peu le ménage. A quoi allez-vous me faire penser, repliquoit-elle sur le même ton ; n'êtes-vous pas le grand dépositaire de mes secrets, le gardien de ma vertu, & l'arbitre souverain de mes volontés ? — Jusqu'ici j'ai rempli ma destinée, mais aujourd'hui nous pourrions bien échouer.

Quant à M. de Barjac, il n'avoit ni la timidité d'un homme qui forme des projets, ni l'embarras d'un homme qui est surveillé. On démêloit seulement une coquetterie d'esprit inépuisable. Ses conversations étoient un mêlange adroit d'anecdotes amusantes, de principes propres à rassurer, de réflexions heureuses ; les séances étoient courtes ; au plaisir de se faire écouter, il joignoit l'art de se rendre rare. Lorsque les physionomies riantes lui garantissoient ses succès, il levoit le siège, prétextoit des affaires, & laissoit le cercle partagé entre le regret de le perdre & le desir de le revoir.

La Comtesse avoit pour amie intime Madame de Rosefort, moins aimable, moins belle moins bien aimable & bien belle, encore. Le Vicomte lui marquoit un empressement extérieur, qui déconcertoit les calculs de M. de Berlits. Le genre de vie qu'on menoit étoit si simple, que l'homme le plus jaloux se seroit épargné les tourmens de l'inquiétude. La terre qu'ils habitoient étoit à une lieue d'Aix. Le Vicomte donnoit la matinée entière aux affaires de son régiment. Il revenoit à une heure, entroit chez M. de Berlits, s'y habilloit jusqu'à deux. On se mettoit à table. Une demi-heure après dîner, chacun se retiroit dans son appartement jusqu'à sept heures. La promenade alors réunissoit tout le monde. Il y jetoit la conversation sur des sujets propres à faire briller. Madame de Berlits, disputoit souvent, se permettoit de ces duretés réfléchies qui n'offensent point, & amènent des excuſes qui flattent ; dans le cours d'une ſoirée entière, il ſe contentoit de lui faire comprendre combien il aimoit ſon eſprit & redoutoit ſa beauté. Elle feignoit de ne pas l'entendre, ce qui déjà ſuppoſoit l'embarras de répondre. Tout cela n'étoit rien pour un autre homme. C'étoit quelque choſe pour celui-ci, qui recueilloit avec ſoin ſes mouvemens, ſes regards, ſes geſtes, & juſqu'à la moindre de ſes paroles.

Il veilloit aſſez ſouvent avec Madame de Roſefort. Le plaiſir qu'il paroiſſoit prendre à l'écouter, la rendoit néceſſairement confiante. Il lui rendoit hiſtoire pour hiſtoire, & ne manquoit jamais de ſe repréſenter comme l'amant le plus tendre & le mieux trompé, toujours preſſé du besoin d'aimer, & donnant toujours des cœurs froids ou volages.

Ces confidences légères faisoient insensiblement tomber la conversation sur Madame de Berlits. Madame de Rosefort ne tarissoit point sur la sincérité de son ame, sur la rigidité de ses principes, & sur l'heureuse impossibilité où elle s'étoit mise de connoitre d'autre bonheur que celui de remplir ses devoirs.

Ces entretiens, rendus le lendemain, lui apprenoient peu-à-peu ce que le Vicomte avoit l'air de taire. Cette adresse ne laissoit pas seulement approcher les soupçons de mari, qui ne voyoit jamais le plus petit entretien ; elle sauvoit à la femme l'embarras d'une déclaration, à Madame de Rosefort la difficulté de jouer un trop officieux, au Vicomte le désagrément de se compromettre, & cependant tout le monde l'entendoit. Les progrès de la passion étoient rapides; personne n'avoit de reproches à craindre, & l'on allioit l'ivresse du sentiment & l'illusion de l'innocence.

Madame de Berlits, qui sans cesse en entendoit parler, & n'avoit nullement besoin de son éloge pour s'en occuper, sentant que son idée commençoit à prendre sur sa tranquillité, prit à tâche de l'examiner, persuadée que ses défauts fourniroient des armes contre lui. Elle découvrit un amour du vrai qui brusquoit souvent les convenances de la vie sociale; une prudence qui veilloit à la gloire de la femme qui l'intéressoit; cette douceur de caractère, la première des vertus, lorsqu'elle ne dégénère pas en foiblesse, & le plus pardonnable des défauts quand elle tombe dans cet excès Ce qu'elle ne découvrit point, c'est que l'étude de cet homme n'étoit qu'un prétexte pour y rêver sans cesse. Aussi cet examen lui fut-il plus funeste que cent déclarations.

De son côté, M. de Barjac cherchoit à se justifier l'imprudente entreprise qu'il alloit former, & crut voir bien distinctement dans le caractère de la Comtesse l'ensemble de toutes les belles qualités ; un amour de l'ordre éloigné de la minutie, mais la base des calculs économiques ; le courage de l'ame, le seul qui soit d'un usage journalier, & aussi supérieur à cette fougue qui brave le danger, que le zèle l'est à l'enthousiasme; une indulgence naturelle & non réfléchie pour les imperfections de son sexe & les travers du nôtre; le respect dû aux pactes religieux.

Tous deux concentroient en eux-mêmes leurs mutuelles découvertes, leurs projets, leurs desirs, leurs espérances. Tous deux abandonnoient leur imagination aux douceurs du plus brillant avenir. Madame de Berlits avoit seulement perdu une nuance de sa gaîté, & évitoit avec une affectation indiscrette les yeux de M. de Barjac. Un évènement, qu'aucune femme ne croira possible, décide leur état.

Nous avons dit qu'il veilloit quelquefois chez Madame de Rosefort. Il en sortoit un soir, ou plutôt un jour, vers une heure après minuit, lorſqu'il apperçoit un homme qu'il reconnut très-bien être M. de Berlits, avec une femme qui n'étoit pas la ſienne; mais, voulant ne rien voir, il éteignit adroitement ſa lumière, pour laiſſer aux imprudens au moins l'eſpoir de n'avoir pas été connus. A peine a-t-il gagné ſa chambre, que le Comte y vient. Ne doutant pas qu'il n'eût vu la femme de chambre de Madame de Roſefort; ne doutant pas non plus qu'il ne fût du dernier bien avec celle-ci, il vouloit, par une confidence entière, le forcer au ſecret. C'étoit au mois d'Août; il faiſoit une chaleur aſſommante. Si vous n'êtes pas preſſé par le ſommeil, dit M. de Berlits, venez un moment chez moi, nous y trouverons pourquoi nous rafraîchir. Ils y causèrent pendant deux heures. Il fallut écouter les détails d'une petite intrigue domestique. La fraîcheur du matin les avertit de se séparer.

Le Vicomte, revenant à son appartement, apperçoit, à l'extrémité du corridor, une femme dans un extrême déshabillé, à la fenêtre, & prenant le frais. Il croit que c'est Madame de Rosefort, & va sur la pointe du pied pour la surprendre. A quelques pas d'elle, il découvre son erreur. Ciel! c'étoit Madame de Berlits, belle comme l'aurore qui alloit paroître, déconcertée du désordre de sa toilette, voulant fuir, sentant ses jambes trembler & manquer sous elle. Le Vicomte, dans le délire du bonheur, éprouvant mille sensa tions, mais n'ayant pas une idée, n'osoit articuler un son. Tous deux sembloient remercier l'amour de ce hasard heureux. De grace, éloignez-vous dit la Comtesse, d'une voix foible & embarrassée. L'heure, le lieu, l'honnêteté, tout vous en fait la loi. En disant ces mots, elle étoit obligée de couvrir, avec ses mains, une gorge d'albâtre, & de dérober, en se baissant, une jambe aussi blanche, que des vêtemens fort courts laissoient voir presque en entier. Le Vicomte à genoux, voit sa tête appuyée sur elle & la serroit dans ses bras. Suffoquée par ses larmes, n'ayant ni la force de s'arracher, ni l'espoir d'échapper, cédant à l'empire d'une passion vainement combattue, elle lui dit : Si c'est mon secret que vous desirez, il ne m'appartient plus; mais j'implore mon vainqueur : qu'il lui suffise de savoir que je l'adore. Voudra-t-il devoir à mes sens trop émus une victoire que mon cœur ne refusera pas toujours à ses soins empressés ? Calmez vos alarmes, répondit le Vicomte en se levant; mon bonheur sera le plus sacré de vos dons; mais jamais une surprise à vos sens. Daignez connoître l'homme qui vous idolâtre. S'il a eu la force de vous taire si longtems un secret qui renferme le bonheur de sa vie, croyez qu'il respectera également vos sévères volontés. A ces mots, il s'éloigne, sans même solliciter la première des marques de tendresse, le plus beau présent peut-être que le Ciel ait fait aux humains.

La Comteſſe, remiſe de ſon trouble, ſentit, après ce triomphe paſſager, ſon amour tellement s'accroître, qu'elle preſſentit une prompte défaite, ſi quelque parti violent ne venoit pas au ſecours de ſa vertu. Il falloit ſuccomber ou ſe ſéparer. C'eſt à cette dernière réſolution qu'elle s'arrêta.

Le Vicomte, de ſon côté, témoin, pour la première fois, des combats entre l'amour & la vertu chez une femme honnête, mais ſenſible, apprit à reſpecter le ſexe qui nous donne ſouvent des leçons de retenue, lors même que nous calomnions ſon courage. Il fit ferment à ſon cœur de n'exiſter que pour cette femme tendre & vertueuſe. Mais il ne prévoyoit pas le ſecond crifice qu'elle exigeoit : c'étoit de se séparer. L'idée de l'absence lui rendit toute sa foiblesse. « Est-ce là » le prix que je devois attendre de » ma respectueuse confiance, lui » écrivoit-il un jour ? & si nous » avons su respecter la vertu, dans » un moment où tout conspiroit » contre elle, faut-il encore lui » immoler le bonheur d'être en- » semble » ?

Quoique ce parti violent fût absolument nécessaire, il avoit je ne sais quoi de barbare qui affligeoit même la délicatesse de la Comtesse. Elle lui dit un jour : Eh bien ! vous vous obstinez à rester ; apprenez ce qui en résultera : quelque occasion nouvelle, que ni vous ni moi ne chercherons, exposera ma foiblesse ;

j'oublierai mes résolutions : j'avoue que ma tendresse pour vous est sans-bornes ; vous exigerez un sacrifice, qui n'en sera pas un, puisque vous avez sur moi toutes les sortes d'empire ; je serai à vous sans doute, mais alors je perdrai l'amitié d'un mari que j'estime, & que je tromperai jusques dans mes complaisances ; une considération dont il m'est impossible de me passer ; la paix avec moi-même, qui rejaillit sur toutes les autres jouissances ; & pour comble de maux, vous peut-être, oui vous-même ; car enfin les hommes n'aiment presque jamais que ce qu'ils desirent.

Eh bien ! Madame, l'idée seule d'altérer votre félicité, répondit le Vicomte, me rend ma raison. Ce moment me coûtera des regrets éternels; mais puiſqu'on doit tout à la vertu, & rien au bonheur, je pars. Donnez-moi ſeulement le tems de préparer votre mari, que j'aime, à cette bruſque réſolution.

L'occaſion d'en parler ſe préſenta naturellement à dîner. Par haſard ils étoient preſque ſeuls. M. de Berlits combattit avec toute ſon éloquence les raiſons du Vicomte, & l'embarraſſa réellement, puiſqu'il ne pouvoit alléguer les ſeules qui le décidoient. La Comteſſe ne pouvoit pas, ſans indiſcrétion, prendre un autre langage que celui de ſon mari. Vous le voulez, dit M. de Barjac; je vous rends reſponſable de tous les évènemens. En prononçant ces mots, il ſerra du genou celui de Madame de Berlits, qui sentit bien le danger inévitable, & se vit entraînée, presque malgré elle, dans le précipice. N'ayant pas l'orgueil de se croire invincible, elle eut la sagesse de se défier de sa raison, & de se mettre à l'abri des circonstances perfides. Aussi quinze jours s'écoulèrent sans qu'elle eût risqué même une rencontre. M. de Barjac ne montrant nulle impatience, nulle humeur, devenoit bien l'homme le plus séduisant que jamais femme ait eu à combattre ou à récompenser. Quel est celui qui n'auroit pas masqué ses desirs sous les dehors d'une passion invincible, & qui n'eût pas craint, après ce qu'il avoit eut le bonheur d'entendre, que tant de prudence ne passât pour de la froideur? L'amour ſeul, le plus tendre amour faiſoit ſon tourment, l'amour ſeul pouvoit en dédommager.

La Comteſſe lui tint compte de tant de généroſité. Son mari écrivoit un ſoir dans une chambre attenante au ſallon de compagnie : nos deux amans étoient tête-à-tête ; le Vicomte faiſoit de la tapiſſerie ; elle parfiloit de l'or. Inſenſiblement la converſation ceſſe, elle lève les yeux ſur ſon amant, qui depuis quelques ſecondes la comtemploit dans l'extaſe du bonheur. Elle lui tend la main, en diſant : ma vertu eſt à bout ; je ſuis à toi ; conſerve aſſez de prudence pour ménager la tranquillité d'un être que je trompe & que je chéris : c'eſt ce qu'exige ton amante. En achevant ces mots, un baiſer voluptueux ſcelle leur union. C'étoit à l'amour à ménager des inſtans sûrs. On peut s'en repoſer ſur ſon induſtrieuſe adreſſe.

Quelques lecteurs peut-être, après ce reçit, reprendront une partie de l'eſtime qu'ils croyoient devoir à cette femme. Quoi! ne vaut-il pas mieux obéir à ſon cœur qu'aux préjugés? Si l'amour jette une femme dans les bras d'un homme peu eſtimable, qu'importe la manière dont elle y tombe? Elle eſt toujours perdue. Mais ſi c'eſt un homme délicat, quels droits ne lui donnent pas une franchiſe ſi reſpectable & une renonciation ſi généreuſe aux prérogatives de ſon ſexe!

Deux années ſe paſsèrent dans le même délire. Le Vicomte mit à conferver son honneur le soin qu'il avoit mis à l'obtenir. Il est vrai que des absences forcées, la continuelle vigilance du mari, ne nuisirent pas à cette constance. Mais ils sauvèrent le goût physique des effets ordinaires de l'habitude. D'ailleurs, la vie de la campagne est si favorable à l'amour & à ses deux compagnes, la simplicité & l'innocence! La lecture y remplace le jeu qui rend inégal, les spectacles qui corrompent, les conversations qu'alimente la méchaneté, les visites que l'ennui inventa en faveur de l'oisiveté.

Le Comte soutenoit toujours à sa femme que M. de Barjac étoit bien dangereux. Un matin ils sortirent en cabriolet pour aller voir les ravages causés par une inondation. Ils s'entretenoient, chemin faisant, de la difficulté de se former une société agréable. Je l'ai bien éprouvé, disoit M. de Berlits : si vous recherchez les gens aimables, vous vous attachez à eux, ils tournent la tête à votre femme, insensiblement vous êtes cocu, il ne vous reste que le parti de détourner les yeux, ou de déranger pour jamais le bonheur de sa vie. Je vous assure, mon cher Vicomte, que cette position est fort embarrassante.

Il expérimentoit dans ce moment qu'il y en avoit de plus embarrassante encore : aussi n'eut-il d'autres ressources que de se perdre dans des lieux-communs & de changer le sujet de la conversation.

Quelque tems après, la mort de sa mère l'obligea à un voyage de trois mois. L'amour se tait devant les grands évènemens de la vie, ou plutôt il gémit en secret. Les lettres, ce doux charme des amans le seul remède à l'absence, le commerce de l'ame qui redouble ou affoiblit une passion, suppléa au malheur de ne se pas voir, en conservant le bonheur de se desirer sans cesse.

A son retour il fut accueilli avec l'empressement de l'amitié, & par un desir plus tendre encore. C'étoit toujours même enjoûment, même agrément dans la société. Elle étoit seulement devenue un peu plus nombreuse. On y remarquoit d'abord le Chevalier de Mars, jeune homme de 25 ans, d'une de ces figures qui les femmes diſtinguent, que les hommes remarquent, & que les maris déteſtent : d'une complaiſance qui le métamorphoſoit dans tout ce que la ſociété deſiroit ; ayant l'eſprit du monde, & l'à-propos qui vaut mieux que les grands talens ; peu inſtruit, mais au courant de tout ; recherché des belles, agacé par les coquettes, prévenu par les étourdies, violé par les femmes galantes, goûté même des plus ſévères, parce qu'il avoit l'art de leur perſuader que leur vertu ſeule mettoit leurs charmes à l'abri des vues audacieuſes des jeunes gens ; aimant le jeu, les chevaux, la danſe, le vin, la muſique, les exercices.

Dès le troiſième jour, le Vicomte apperçut qu'il jouoit l'amoureux de

Madame de Berlits. Il ne lui en fit pas mystère. Cela est possible, répondit-elle; mais ce qui est vrai, c'est que je n'ai pas encore trouvé le tems de le remarquer. Vous m'avez préservé de cette folie, comme de tout autre attachement. Mais convenez que les femmes qui se prennent de fantaisie pour cette jolie créature sont excusables.

Le Vicomte connoissoit l'extrême sincérité de Madame de Berlits; aussi ne fut-il pas inquiet; mais envieux intérieurement de ces qualités brillantes qui ont plus d'empire qu'on ne croit sur l'esprit des femmes mêmes les plus solides. Ses craintes l'allarmoient, sans rien ôter à sa maîtresse de la confiance qu'il lui devoit. Mais peut-être auroit-elle dû les lui épargner en éloignant un homme dangereux à leur mutuelle tranquillité. Jamais ils n'en parloient. Cette affectation pouvoit encore, à la rigueur, un peu le tourmenter.

Sur ces entrefaites arriva à Marseille la belle Madame de P... , une merveilleuse, connue par la foule des martyrs qu'elle traînoit à sa suite; pleine de caprices & d'agrémens. Tout le monde avoit les yeux sur elle; elle ne les avoit que sur le Chevalier de Mars, & l'affichoit comme auroit fait une femme de cour. Soit qu'elle ne lui plût pas, ou, ce qui est plus vraisemblable, qu'il voulût plaire à Madame de Beriits, il s'obstina à ne rien deviner. Voulant triompher de cette injurieuse opiniâtreté, elle lui envoya ſon portrait dans une lorgnette. Il y répondit par les vers les plus galans, mais il fit l'hommage du portrait à Madame de Berlits; en la ſuppliant de prononcer ſur ce qu'il devoit en faire. Elle avoit trop d'eſprit pour ne pas blâmer cette démarche de jeune homme; mais intérieurement elle lui pardonna cette indiſcrétion.

C'eſt de ſa bouche même que le Vicomte apprit cette petite aventure. Il crut appercevoir quelqu'embarras dans ſon récit, & ſur-tout des termes bien doux dans la façon dont elle le déſapprouvoit.

Etoit-il poſſible de ſoupçonner une femme ſi raiſonnable, ſi vertueuſe, de penſer à une ſeconde folie pour un jeune fou qui n'avoit que les agrémens du bel âge & l'art de ſéduire?

On ne peut pas dire ce qui arriva. On fais seulement qu'elle ne tarda pas à trouver le Vicomte trop févère, & mêlant toujours les calculs outrés de la prudence aux doux rêves de l'amour ; qu'elle foupira après l'amitié qui donne des jouiffances paifibles ; après la retraite où l'on vit pour foi ; après la philofophie qui en impofe aux paffions. Tous ces beaux projets n'étoient autre chofe que le dégoût qui s'en prenoit à tout & vouloit brifer une infupportable chaîne.

Le Vicomte lut dans fon ame, & voulant lui épargner la petite honte attachée à l'inconftance, il lui cacha les vraies caufes d'un voyage, qui la débarraffa d'un poids difficile à ſupporter plus long-tems.

Nous devons cependant nous preſſer d'ajouter que M. le Chevalier de Mars ne gagna rien à la liberté que Madame de Berlits venoit de recouvrer il eſt vraiſemblable qu'il lui coûta un ſacrifice. Elle en eut le courage.

Cette nouvelle épreuve rendit la liberté au Vicomte, trois fois amoureux, trois fois quitte. Il eſſaya de trouver dans la diſſipation, des plaiſir entremêlés de moins de peines. Son nouveau ſyſtême fut de ne s'affecter de rien, & d'adorer les femmes, au lieu de les aimer, choſe infiniment plus commode pour les deux ſexes. Pour occuper le tems, le délaſſement du jeu ſuccédoit aux parties de chaſſe, [illegible] d'un joli ſouper à l'enchantement des spectacles; les douceurs d'une conversation choisie au plaisir voluptueux de la danse. Les hommes vraiment aimables sont invités nés par-tout. Il vole volontiers de distractions en distractions. On se plaît aisément où l'on a des succès, & l'agrément qu'on sent le mieux est celui qu'on procure aux autres.

Dans ces nouveaux principes, il passa l'hiver à Paris. C'étoit le moment des nouveautés : on venoit de découvrir que M. Francklin étoit une pauvre espèce de grand'hommes, habile physicien, si l'ont veut, mais politique médiocre; que Curtius possédoit l'esprit avec lequel on amuse, le calcul avec lequel on s'enrichit, l'astuce avec laquelle on se maintient, mais non le ressort avec lequel on meut la machine compliquée d'un gouvernement ; que Scévola avoit usurpé chez les gens de lettres la réputatoin d'homme aimable, & chez les gens du monde, celle de bel-esprit éclairé, & dans le monde, le renom fastueux de philosophe. On avoit découvert encore la cause de la décadence du théâtre national, dans l'ineptie des grands seigneurs sous les ordres de qui l'avoit mis un arrangement vicieux; la source du dépérissement de la bonne litérature, dans les incroyables règlemens sur le commerce de la librairie.

Ces découvertes & cent autres ajoutèrent à la culture de son esprit; il eut plus d'un succès. Ces succès l'enhardirent à solliciter un travail utile. Il s'imaginoit d'ailleurs que la capacité, l'application, l'art de se taire, l'amour de la justice étoient des titres. La mort d'un Ministre-Plénipotentiaire le mit à même de de les faire valoir. Elle laissoit vacant un poste agréable, auprès d'une Cour d'Allemagne. La connoissance de cette partie de l'Europe, l'usage de la langue, l'habitude d'écrire, ses rapports diplomatiques, sa fortune qui le dispensoit d'importuner les caisses royales ; lui sembloit autant de raisons d'espérer. Son mémoire fut appuyé par de grands seigneurs, recommandé par des chefs, apostillé par une main auguste. On lui répond la lettre la plus polie, qui portoit en substance, qu'on n'avoit pas toujours des sujets aussi distingués à mettre sous les yeux du Roi. Il arrive à Versailles, reçoit les complimens de ses amis, & se dispose à faire ses remercîmens au Ministre, lorsqu'il apprend qu'un jeune fat, à peine sachant lire, ne connoissant que les coulisses de l'Opéra & les spectacles de la société, très-dérangé dans ses affaires, protégé par deux femmes de chambre, venoit d'avoir la place.

Les amis consolateurs s'empressent autour de lui, disant qu'un mauvais succès ne doit pas rebuter ; que M. de V... a eu la main forcée ; que de semblables refus sont des droits à la première distribution des graces. D'après ces belles promesses, nouvelles tentatives. On vouloit emprunter différentes manœuvres du militaire étranger : il saisit cette occasion, & propose ses connoissances dans la tactique : on les accepte. Quelques légères difficultés sur le traitement s'élèvent. Dans l'intervalle. Un Inspecteur met en avant un Lieutenant-Colonel prussien, à qui son maître n'auroit pas confié cinquante recrues à dresser. Cet officier, qui portoit un chapeau immense, une canne basse, des cheveux graissés, eut la préférence.

Quand il vit que les Ministres traitoient les talens comme les femmes traitent la constance, il renonça à l'ambition comme à l'amour, & se confirma dans la résolution de se livrer exclusivement au plaisir, bien que les Rois & leurs représentans ne peuvent jamais vous enlever.

Il eut donc successivement une fille d'opéra qui lui écrivoit avec chaleur & le trompoit avec adresse ; baisoit le jour son portrait & la nuit son rival ; une femme de la cour, qui partagea avec lui son lit & son écrin ; c'étoit une Comtesse qui donnoit dans les sciences occultes, & qui croyoit avoir toutes les connoissances, parce qu'elle avoit tous les goûts ; une bergère timide, qui lui promit son innocence, & lui donna quelques temps après un enfant dont il étoit père comme elle étoit vierge, une grande dame, qui en devint éperduement amoureuse, & le préféra à tout, excepté son laquais.

D'accidens en accidens il gagna cependant son huitième lustre ; &, véritablement revenu des erreurs qui prennent les besoins des sens pour les affections de l'ame, il décida sa retraite. Une fortune médiocre suffisoit à ses goûts nouveaux, dans une terre, l'héritage de ses aïeux. Il y jouit des beautés de la nature & des charmes de la propriété. Il est si facile de se passer de ces pavillons superbes, où les grands même, au milieu des champs, transportent leur fureur pour le luxe; de ces temples où l'on ne sacrifie qu'à l'amour; de ces ruines si tristes, dont les modèles originaux ne sont quelque chose que par les riches monumens qu'ils attestent! mais on ne se passe pas de l'ombrage, si nécessaire pour échapper aux rayons brûlans du jour; des gazons, si utiles pendant une belle nuit; des eaux, qui rafraîchissent l'air & la nature entière ; & c'eſt auſſi ce qu'on trouvoit à Champ-Fleury : on nommoit ainſi la ſolitude du Vicomte.

Jamais il n'avoit vu lever le ſoleil avec tant de plaiſir que depuis qu'il n'avoit plus de ſoldats à tourmenter, plus d'oiſifs à recevoir, plus de grands à courtiſer, plus de femmes à ſéduire, plus de ruptures à ménager. Un domeſtique peu nombreux lui épargnoit les ſoins du ménage, & le laiſſoit tout entier à la littérature qu'il aimoit, & aux travaux champêtres qui l'en délaſſoient. Pour prévenir les regrets qui ſuivent trop ſouvent les ſacrifices précipités, il joignit à ces diſtractions une fille de quinze ans, dont la figure étoit céleſte, le cœur vertueux & ſenſible. Son esprit, agréable sans être brillant, fournissoit abondamment à des entretiens qui ne pouvoient jamais être bien longs, parce qu'ils rouloient toujours sur le même sujet. Il sonde ce cœur novice : eh! qu'il étoit loin de partager le projet voluptueux de M. de Barjac! C'est donc dégoût involontaire, lui disoit-il quelquefois. Je n'en sais rien, repliquoit-elle ; tout ce que je puis vous dire, c'est que je ne suis heureuse qu'avec vous ; que les momens où j'en suis séparée sont trop dans mon existence. Mais lorsque vous me tenez un certain langage, & lorsque sur-tout vous voulez suppléer d'une autre façon à mon defaut d'intelligence, je ne suis pas maîtresse d'un tremblement universel qui naît d'une répugnance invincible. Ne me déteſtez pas; mais le menſonge ne ſouillera jamais cette bouche qui dit ſi vrai quand elle vous promet la plus tendre amitié. Cette ſincérité cruelle ne lui laiſſoit que l'eſpérance.

Comment l'ennui, ce fléau cruel des gens déſœuvrés, n'approchoit pas ſa demeure, il ignoroit encore ce qu'il avoit à craindre ou à eſpérer de ſon voiſinage. Il montoit à cheval aſſez ordinairement vers les ſept heures du ſoir, & rencontroit toujours au même endroit une amazone qui prenoit le galop dès l'inſtant qu'elle l'appercevoit. Cette affectation lui donna la curioſité machinale de connoître cette Madame Orithie. On lui rapporta que c'étoit une veuve philoſophe qui avoit à-peu-près choiſi un genre de vie égal au sien. Elle avoit à la vérité plus nombreuse compagnie. Ce n'étoit point des hommes qui la formoient, mais des esprits familiers avec qui elle vivoit dans la plus utile intimité. Cette particularité donna au Vicomte le desir de l'entretenir. Les promenades lui en fournirent l'occasion. Pour hâter la confiance, il affecta une timidité que les femmes les plus expérimentées ne manquent jamais de prendre pour du respect. Aussi, dès la troisième entrevue, elle lui permit de venir chez elle, & ne lui refusa pas l'espoir de voir de ces êtres surnaturels, sujet éternel de l'incrédulité, depuis le génie de Socrate jusqu'à la femme blanche de Berlin.

Ayant profité de l'agrément obte-

nu, que Madame de *** accordoit comme une faveur, il ne fut pas plus surpris d'entrer dans un château où le goût s'étoit concerté avec la magnificence pour embellir des appartemens distribués avec l'intelligence de l'art. Mais roulant toujours dans sa tête les démons familiers dont elle avoit fait des hôtes aimables, il lui tardoit de mettre la conversation sur ce sujet intéressant. Il y parvint un peu brusquement. « Je sais, répon-
» dit-elle, que l'on rejette avec
» l'amour-propre d'un esprit-fort
» l'existence de ces célestes intelli-
» gences. Les Socrates étoient moins
» difficiles. Quant à moi, je ne
» cherche pas à faire des conquêtes
» sur l'incrédulité. J'étois née sans
» ces avantages qu'on tient de la

» fortune. Depuis que des études
» suivies m'ont admise au commerce
» de ces demi-dieux, il n'est point
» de jouissances auxquelles je ne
» puisse prétendre. Si vous voulez
» parcourir mes appartemens, vous
» les verrez ».

Il est déjà parti. Elle lui montre ses femmes, ses serviteurs, ses artistes, ses compagnons de voyage. Il ne distinguoit à la vérité aucune figure humaine, mais il croyoit voir des nuages légers s'agiter au-dessous du plafond. Je ne commande jamais, ajouta-t-elle; je ne fais que desirer, & dix fois par jour je suis transportée dans les airs, aux spectacles de Paris, aux courses de Londres, aux combats de Madrid, au carnaval de Venise, aux redoutes de Philadelphie, dans les vallées de la Suisse. Hier encore j'ai été voir les torts de la nature, ces affreux décombres de la Calabre. Lorsque l'on a essayé cette manière d'exister, celle des hommes paroît bien insipide. J'en demande pardon à nos superbes physiciens, mais ils ne sont pas de grands hommes. Vous l'avouerai-je, Madame, répondit M. de Barjac, avec la douceur d'un homme qui se laisse entraîner; j'ai, depuis cinq à six ans, vu tant de mystificateurs, entendu tant de contes, lu tant d'absurdités, dévoré tant d'ennui sur les tristes nouveautés; que je suis confondu de rencontrer enfin quelqu'un qui mette des faits à la place des rêves, des raisonemens au lieu de suppositions; quels singuliers apôtres que ceux de cette secte ! des femmes galantes, que la dévotion prend au moment que le monde les quitte ; des péculateurs adroits, qu'il faut enrichir avant de les convaincre ; des prêtres ignorans, auxquels l'ambition conseille d'être fanatiques pour devenir quelque chose ; l'un a vu des esprits ricaniers, l'autre des esprits massacrans ; celui-ci a été mouillé jusqu'aux os ; celui-là battu comme un soldat prussien ; enfin, nulle espèce d'absurdités que l'on ne soit condamné à entendre, si l'on a la docile complaisance d'écouter les visionnaires.

Je conviens avec vous, repliqua la souveraine du palais enchanté, qu'il y a peu d'objets dont le charlatanisme ait tiré plus de parti. Mais de quoi les hommes n'abuſent-ils pas ! J'ignore ſi vous avez quelqu'intérêt à fixer vos idées ſur les matières délicates ; dans ce cas, c'eſt à vos yeux ſeuls qu'il en faudra croire : je vous le redis encore ; je ne ſuis ni une fille de la planète, ni une eſclave de Tito ; mais un SUJET dont les êtres ſurnaturels ſe ſervent pour manifeſter leur puiſſance. Vous avez déjà vu cette foule d'eſprits qui habitent mon château. —— Non, Madame ; j'ai vu ſeulement des vapeurs qui s'élevoient, & un mouvement qui ne m'a pas permis de rien diſtinguer. —— C'eſt préciſément cela qu'on appelle des eſprits. Suivez-moi. Un bruit épouvantable va ſe faire entendre, les voûtes s'entr'ouvriront, des feux obſcurs s'échapperont de toutes parts, dans une athmoſphère empoiſonnée. Le Vicomte la ſuit, charmé d'aſſiſter une fois à un bouleverſement de la nature. Ils montent dans un grenier où nulle clarté ne pénétroit : quelques minutes s'écoulent, nul fracas ; un ſilence profond règne dans le galetas déſenchanté ſans doute. La pythoniſſe déferrée s'écrie : « quel » jour êtes-vous né » ? Le Vicomte, qui n'en ſçavoit peut-être rien, ré- « pond : un Jeudi. -- Tant pis, s'écria- » t-elle encore, avec une eſpèce de » hurlement : vous ne pouvez rien » voir. Ah ! ſi vous fuſſiez venu au » monde un Vendredi ! quelle diffé- » rence ! votre nom de baptême ? » —— Charles - Sigiſmond. —— » Pas un ſeul nom de l'ancien teſta-

» ment ; tout eſt contre vous ; mais
» vous verrez tant d'autres merveil-
» les qu'une de plus ou de moins n'y
» fait rien. Commençons d'abord
» par les eſprits chymiſtes, les ar-
» tiſans de ce vil métal qui fait le
» bonheur & les crimes de la
» terre ». Ils deſcendent dans un laboratoire orné d'emblêmes philoſophiques. Un vieillard, habillé d'une tunique blanche, couverte de flammes rouges, étoit paiſiblement aſſis entre un jambon & une bouteille de vin bien coloré. Des cheveux blancs flottoient ſur ſes épaules, une longue barbe couvroit ſa poitrine, ſur laquelle pendoit le portrait de Mercure trimégiſte. —— « Eſt-ce là un
» de ces Meſſieurs », demande le Vicomte ? —— « Non ; mais l'inſ-

» piré, à la voix duquel ils obéiſ-
» ſent. Voyez la poudre de projec-
» tion, l'élixir qui brave la faulx
» du tems, la fiolle divine des mé-
» tamorphoſes. —— Vous avez
» ſans doute, Madame, d'abondans
» réſultats de ces belles expérien-
» ces? —— Le matras qui eſt ſur le
» ſable régénérateur contient ſix
» millions ; ce creuſet, ſous cette
» lampe électrique, renferme un
» diamant de quatre pouces de dia-
» mètre ; il eſt deſtiné à l'Impéra-
» trice de Ruſſie, pour le jour cé-
» lèbre où elle ſera ſon entrée triom-
» phante dans Conſtantinople. ——
» Les auteurs de cet art conſolant
» vont-ils bientôt ſe mettre à l'ou-
» vrage ? — Ils y ſont déjà ; mais
» leur action eſt inviſible. Leur au-

» guste chef ne dort jamais : il est
» obligé, depuis onze cents ans,
» d'assister tous les matins au lever
» du soleil ; on ne connoît ni son
» origine, ni ses paroles, ni ses
» passions ; on le croit seulement
» descendant d'Hermès. — Et tous
» les jours est-il obligé de manger
» un jambon ? —— Non ; c'est un
» passe-tems qu'il se permet de tems
» à autre : mais montons à l'obser-
» vatoire ; c'est là que séjournent
» les esprits astronomes. Nous les
» trouverons sûrement dans leurs
» sublimes contemplations ».

Le plus grand silence régnoit sur cette plate-forme ; c'est là qu'on voyoit les étoiles en plein midi, & qu'on les arrêtoit dans leur cour. — « Avez-vous de bons yeux,

» demande Madame de *** ?
» Excellens. —— Tant pis ; plus
» on a la vue perçante, & moins
» on voit. Quand les astres étin-
» celans, furieux d'obéir aux esprits,
» s'apperçoivent qu'on les poursuit
» jusques dans leur orbite, ils y
» mettent de l'entêtement, &
» se tiennent voilés. N'importe,
» essayez, regardez fixément. —— Si
» nous appellions à notre aide une
» de ces puissances observatrices.
» —— Je ne sais où elles sont main-
» tenant. Occupées sans cesse d'une
» foule de mondes, on est rare-
» ment sûr de les trouver ». —— Eh
bien ! Madame, dit le Vicomte qui
commonçoit à perdre patience, « fai-
» sons-nous écrire ; nous reviendrons
» une autre fois. —— Malgré tout

» ce qui a passé sous nos yeux, vous
» n'avez rien vu encore. Suivez-
» moi ; le grand livre de l'avenir va
» s'ouvrir. Ce dépôt des humaines
» destinées est dans mes mains. Cha-
» cun brûle du desir d'y trouver son
» histoire. » Ils arrivent dans un souterrain humide, éclairé par des lampes où brûloient du sel & de l'eau-de-vie, & dès-lors réfléchissoient sur les visages la paleur de la mort, Après un moment de silence, un vent glacé souffla, les lampes furent éteintes, une voix rauque fit entendre ces mots : « Ce que vous
» pensez dans ce moment est ce
» qui vous arrivera. —— Je pense
» qu'on m'abuse, repliqua le Vi-
» comte. —— Aussi l'êtes-vous,
» mais d'une manière qui peut-être

» ne vous déplaira pas ». —— Un mur se sépare, & dans l'instant il se trouve dans un sallon que les Graces sembloient avoir orné de leurs mains. Le jour des amans y pénétroit par un dôme, & sembloit se réfléchir avec complaisance sur les voluptueux tableux des Vanloo & des Boucher. C'est à ce beau lieu, dit l'enchanteresse, que je dois la réputation dont je jouis. Vous ne verrez pas, mais vous allez vous trouver entouré d'êtres qui dans un court espace revêteront plusieurs corps. Au même instant le dôme se ferme. Des ténèbres profondes remplacèrent la douce clarté ; plusieurs personnes sembloient entrer dans ce temple du plaisir. Des voix mélodieuse se firent entendre, accompagnées d'une musique propre à enflammer les sens. Le Vicomte, placé sur une vaste ottomane, sentit à ses côtés un être qu'il découvrit bientôt une femme. Sous ses doigts incertains il sentit palpiter un sein élastique comme celui de Vénus avant qu'elle eût connu le dieu de la guerre. Une bouche enflammée rencontre la sienne, & le plaisir le renversa molement sur des coussins préparés à le recevoir. Il parcourut des formes parfaites, & se débarrassant d'obstacles légers, mais importuns, il serra dans ses bras la plus voluptueuse des illusions. La facilité avec laquelle il répéta ses triomphes, & sa grande habileté dans un art que tout le monde doit savoir, & que tant de gens ignorent, lui valut une ſaveur unique. A la lueur d'une clarté preſque imperceptible, il lui fut permis de connoître à qui il devoit ſon bonheur ; il reconnut Madame de M....

Me pardonneras-tu, lui dit-elle, cette innocente ſupercherie ! Ce qui s'eſt paſſé juſqu'ici eſt le leurre avec lequel on gouverne les ſots. Le lieu où nous ſommes n'eſt ouvert qu'aux gens qui, comme vous, ſont dignes d'être initiés aux myſtères de notre art. Je ſuis guérie des grandes paſſions traînant à leur ſuite tant de contraintes ; mais ſujette encore aux caprices expéditifs, cette invention eſt merveilleuſe pour les paſſer. Que de jours précieux nous euſſions perdus dans les langueurs du ſentiment ! Nous ſavons maintenant à quoi nous en tenir. Si vous m'aviez *aimée* avec moins de chaleur, un incognito sévère vous laissoit à jamais dans la plus ténébreuse ignorance; mais vos procédés me prescrivirent absolument une autre marche. —— Ce dénouement, repliqua le Vicomte, est celui de ces sortes d'aventures. Mais pourquoi, belle, aimable, spirituelle, séduisante, vous assujetissez-vous aux gênes inséparables de votre célébrité? —— C'est que, s'il est glorieux d'être belle, il est bien flatteur de passer pour philosophe, d'avoir l'ivresse du plaisir, & les honneurs de la sagesse; d'être tout à la fois F.... comme un ange & respectée comme une divinité. —— Quoiqu'il faille être femme pour bien apprécier tout cela, j'entrevois cependant les côtés utiles d'un semblahle systême. —— Croyez, mon ami, que tout ce que vous entendez raconter des esprits n'est qu'imposture plus déliée ou plus grossière. Chez les femmes, c'est amour du plaisir : chez les hommes, amour de l'argent ; chez quelques-uns, crédulité comme dans Suedenborg ; chez d'autres, escroquerie comme dans Scheffer. C'est orgueil dans Corilla, folie dans Zacottin ; avidité dans Caterva, systême dans Lovermis, nécessité dans Guychène, ressource dans Lyconis. —— Quels sont les êtres que vous me citez ? leur nom n'a jamais encore frappé mes oreilles. —— Je le veux bien ; mais permettez auparavant que mes esprits familiers nous servent à souper.

Elle sonne ; deux rideaux s'ouvrent, ils passent dans une salle à manger, dont le parquet, le plafond & les murs étoient de glace. Une table couverte de mets délicats, est entourée d'esprits, qui sembloient avoir revêtu les corps de Paris, d'Endymion, d'Antinoüs, de Phrynès, de Terentia, d'Hélène, &c. Les uns étoient parés comme les Graces, les autres comme les Amours. Tous avoient un service extrêmement leste, & ces mouvemens se répétoient dans les glaces qui pétilloient déjà du feu de cent bougies ; à tant de pièges tendus aux sens, Madame *** joignit la conversation la plus animée, &

quelque vive qu'eût été la ſcène du ſopha, ce n'étoit preſque que changer de volupté.

Après le rare ſoupé, ils paſsèrent dans un boudoir ſimple & agréable, dont tout l'ornement conſiſtoit dans un choix de peintures très-analogues aux paſſe-tems qu'on y prenoit. Je voudrois, Madame, dit le Vicomte, ne vous laiſſer aucun doute ſur ma reconnoiſſance; mais comme nous ne nous aimons point encore, je ne ſais ſi mon empreſſement vous plaira. —— Ce que j'ai fait ici pourroit abſolument tenir lieu d'une déclaration; mais comme les hommes aimables ſont ſujets aux engagemens, il ſe pourroit que je dedevinſſe indiſcrette. —— Nous ſerions plus à notre aiſe l'un & l'autre, si vous vouliez me dire à qui j'ai eu le bonheur de plaire. —— Volontiers, mais mon histoire est un peu longue, & vous me sembiez disposé à m'interrompre.

Il est vrai que le Vicomte étoit retombé dans une de ces crises où l'on ne cause guère; du moins ne raconte-t-on pas d'histoires. Il possédoit l'utile talent de graduer le plaisir, & de laisser reposer les mouvemens du cœur, sans avoir recours aux interruptions qui glacent. Tout entier à la femme qu'il croyoit aimer, il parloit successivement à son imagination, à son ame, à ses sens, & le passage d'une sensation à l'autre prolongeoit des instans que depuis des siècles on reproche à la nature d'avoir faits trop courts. Dès le premier moment, Mme. de M. l'avoit jugé aimable, mais non aussi essentiel.

Personne n'aime comme vous, répétoit-elle sans cesse ; je l'ai été quelquefois, mais jamais avec cette expression. —— Ce sont vos charmes que vous vantez lorsque vous louez ma manière. —— Jamais vous n'imagineriez ce qui met le comble à mon bonheur ; c'est que vous ne m'avez pas encore dit un mot de votre vertu. —— J'ignore l'usage des femmes à cet égard : mais je croyois qu'il y avoit des circonstances où il étoit aisé de ne pas parler de sa vertu. —— Je fais encore une autre découverte. —— Il me semble en effet que vous découvrez beaucoup de choses. —— Ah, vous aimez les calembourgs ! J'observois seulement que vous m'avez assez estimée pour n'être pas inquiéte de l'opinion que me laisseroient vos flatteuses prévenances. —— En effet, vous observez tout. Si vous continuez, rien ne vous échappera. Ne seroit-il pas prudent de vous laisser quelque chose à deviner? —— C'est une économie dont vous pouvez vous passer. —— Puisque vous voyez tant de choses, vous verrez aussi, j'espère, que je suis plus sensible qu'adroite. Savez-vous cependant qu'il fait terriblement jour, & que la prudence nous appelle chacun dans notre appartement. —— Je ne sais comment cette nuit s'est écoulée ; mais il me semble que nous pouvions mieux faire. —— Oh! pour le coup, Monſieur le Vicomte, vous êtes difficile ! Jamais on n'a mieux guéri une femme de la manie de croire aux eſprits. —— Bon jour : j'ignore ſi le goût nous réunira, mais je ſais que votre ſouvenir ne me quittera pas de ſi-tôt. Le Vicomte ſe retira dans ſon appartement.

En attendant le ſommeil réparateur des folies humaines, combien de réflexions s'offrirent à ſon eſprit ! Qu'eſt-ce donc que la prudence ? Il vit dans ſa terre avec les plus beaux projets de ſageſſe. Une occaſion impoſſible à prévoir le ramène dans le tourbillon des jouiſſances.... Que les hommes ſont aiſés à tromper ! Les uns croient tout ce qu'ils voient, & les autres voient tout ce qu'ils veulent croire.

Le lendemain arrive le Baron de W... le Vicomte le connoissoit. Je ne vous aurois assurément pas cherché ici, lui dit-il; par quel hasard êtes-vous adepte de la philosophie hermétique ? La curiosité de voir une femme aussi extraordinaire, a été mon premier mobile, répondit le Vicomte. Je vous en offre autant, ajoute le Baron. On la dit aimable, quoiqu'un peu pédante. — Un peu pédante est le mot; mais cependant infiniment d'esprit & de politesse.

Il retourne chez lui, où sa beauté de quinze ans l'attendoit avec une aimable impatience, bien propre à lui donner des remords. Vous êtes cause, lui dit-elle, que je n'ai pas fermé l'œil de la nuit. — Jamais, ma chère Coraly (c'étoit ſon nom), je ne vous avois vu une ſi tendre & ſi obligeante inquiétude. —— C'eſt que jamais je n'avois eu encore la crainte de vous perdre.

Ce mot ſeul lui cauſe une ſenſation plus douce qu'une nuit entière d'ivreſſe, tant il y a de différence de l'amour à la volupté, du bonheur au plaiſir. L'innocence a ſes expreſſions qui pénètrent le cœur de l'homme qui n'eſt que foible; il chérit toujours la vertu.

La découverte que le Vicomte venoit de faire dans ſon voiſinage, lui inſpira le deſir de connoître un homme auſſi extraordinaire en apparence. A deux lieues habitoit depuis dix ans un vrai philoſophe, doué de cette eſpèce de raiſon qui apprécie les

choſes à leur juſte valeur ; ne mé-
priſant pas, mais plaignant la con-
dition humaine ; aimant les hommes, mais fuyant la ſociété devenue u amas néceſſaire de gênes, d'inconſéquence, de dangers, d'aſſujétiſſemens, de difficultés.

Comme il n'eſt pas reçu qu'on nomme les perſonnes, nous l'appelleront Socrate. Le Vicomte lui fit demander la permiſſion de paſſer quelques heures chez lui. Sa réponſe fut très-obligeante.

M. de Barjac trouve une maiſon très-vaſte, mais qui n'avoit qu'un étage. Dans ſon intérieur étoit une ſalle plantée d'arbres. Un vrai cabinet de verdure ſervoit de boudoir. Les eaux ſerpentoient par-tout ; les meubles étoient d'une ſimplicité recherchée; le goût & la propreté paroissoient les Dieux tutélaires de cette habitation. Un homme d'environt soixante ans vint l'y recevoir. Il avoit un habit persan; sa physionomie ouverte & tranquille annonçoit le bonheur. Vous avez voulu voir, dit-il, un homme un peu bizarre, il est vrai, mais dont on exagère les singularités. Tout se réduit cependant à avoir emprunté de chaque nation ce qu'elles offroient de plus commode. La structure des maisons chinoises m'a paru préférable à nos cages élevées dans les airs. Les sophas turcs sont plus propres à leur usage que les trépiers françois sur lesquels il faut chercher l'équilibre; ma bibliothèque, ouverte aux Voltaire, aux Wieland, aux Gibbon, aux Mendelsohn, est fermée aux Mably, aux Boismond, aux Schlosser, aux Baretti.

Quelques raisons bien extraordinaires, répondit le Vicomte, vous ont décidé sans doute à cette retraite austère. On m'a assuré que depuis dix ans vous n'avez pas reçu vingt personnes. —— Cela est trop fort; mais en général je crains les oisifs, les bavards, les savans, les beaux-esprits, les poëtes, ceux qui ont tout lu, ou qui veulent tout savoir : je sais que vous préférez de causer avec la raison, aux amusemens qu'on s'efforce d'y substituer, & je vous ai excepté. Si vous avez la patience d'écouter un homme qui a presque perdu l'usage de sa langue, vous saurez mon histoire, qu'on défigure, parce que la plupart des hommes croient ne pouvoir fixer l'attention que par du merveilleux. Dès l'âge le plus tendre je fus possédé du desir de m'instruire. A treize ans, j'avois fait dix volumes d'extraits, cinq tragédies, un poëme épique, deux romans, la traduction de la Jérusalem délivrée; &, ce qui est plus extraordinaire, c'est à dix-huit de jeter tout cela au feu. Jusqu'à trente, même fureur pour les matières économiques surtout. La théorie du commerce étoit alors le sujet des mes méditations. Le fruit que je retirai de mes travaux fut de voir combien ce monde étoit mal gouverné. Je plaignis ma patrie, & résolus d'employer dix années à faire le tour de l'Europe, avec le projet de me fixer où l'humanité & la raison auroient elles-mêmes élu leur domicile. Vous le dirai-je ? j'eus par-tout de semblables sujets de chagrin. Là où il y avoit un peu moins d'ignorance, étoit aussi plus de luxe, plus de dissipation ; & là où étoient la simplicité & les restes du vieux âge d'or, on trouvoit une inaptitude universelle. Dans un endroit on déposoit à toute outrance, en parlant sans cesse économie ; dans un autre, on croyoit enrichir le Prince en appauvrissant les Sujets. Nulle part je n'ai vu les hommes à leur place. Dans un pays, un conseiller au parlement étoit à la tête des finances ; dans l'autre, un officier de cavalerie avoit le département de la marine. J'ai vu un Jésuite ministre de la guerre, & une dame à la tête d'une académie des ſciences. Il ſemble qu'une divinité malfaiſante s'amuſe à humilier le mérite, à exalter l'ignorance; à mettre en avant l'ineptie, à employer la frivolité, à laſſer la vertu, à écarter le zèle, à aveugler les Souverains, à pouſſer la médiocrité; ce qui m'a par-tout affligé, ſe ſont les nombreuſes façons de faire des malheureux, & le petit nombre de moyens de les ſoulager; ce ſont les ſuperbes palais pour amonceler les tréſors formés de la ſueur des peuples, & les vieilles maſures deſtinées à recevoir ceux de ces mêmes contribuables, épuiſés de beſoin & de ſouffrances, recueillis par la publique charité; les lieux d'amuſemens, les ſpectacles, les jardins, interdits au peuple toujours éloigné, rebuté, profcrit, avili, comme la partie honteufe de l'univers; & les refpects, les hommages, les prévenances, environner les favoris de Plutus, lors même que leurs mains avares retiennent fes dons. J'obfervai encore que fous des noms différens tout le monde étoit efclave, portoit la livrée, recevoit des gages, & mouvoit au figne d'une volonté étrangère.

Alors je jurai à la liberté une fidélité éternelle, & après avoir remercié le diftributeur des biens périffables de ne m'avoir pas donné la richeffe, & de m'avoir affranchi de la fervitude, je dirigeai mes pas vers ce toit folitaire fous lequel nous fommes.

Ce que j'ai rapporté encore de mes voyages, ce sont les portraits de tous les gens estimables que j'ai connus dans les lieux où j'ai fait quelque séjour.

Celui de ce militaire à l'uniforme rouge & argent, me rappelle tous les jours le mérite de la vraie philosophie ; c'est un homme d'un grand sens, qui s'est servi de son esprit pour acquérir d'utiles connoissances, & de ses connoissances pour porter le même esprit sur les objets les plus essentiels ; observateur exact, sage, indulgent, étranger à toute espèce de médisance, indocile à la voix de la calomnie, il faut beaucoup pour obtenir son suffrage, & plus encore pour le perdre. Expéditif dans les affaires, vrai dans les conseils, sage dans les projets, il eſt du petit nombre de ces hommes qui honorent le choix des Rois & que le peuple dans ſes beſoins met entre l'autorité & lui.

Cet eccléſiaſtique, placé à côté de la fenêtre, eſt un de ces génies heureux auxquels la nature réſerve l'honneur des grandes découvertes. De profondes méditations les initient aux ſecrets de la ſcience de l'ame ; ils penſent pour pluſieurs générations, & leur paſſage ſur la terre eſt remarqué comme celui des planètes dans la ſphère des cieux ; la différence eſt que ces corps ſtériles ne font qu'inquiéter un moment la curioſité ; au lieu que ces philoſophes bienfaiſans laiſſent des lumières, des exemples, & des vertus.

Cette ſuite de portraits vous fatigueroit. Lorſque l'occaſion les ramènera, je tâcherai de les deſſiner.

Avec leurs principes j'ai rapporté auſſi un mépris bien ſoutenu pour tous les propos, & je comprends ſous cette vague dénomination, non ſeulement ce flux de paroles que l'oiſiveté amène, mais auſſi les mémoires d'avocats, les gazettes politiques, les couriers menſongers, les pamphlets de Londres, les libelles de la Hollande, le magaſin germanique, les journaux de l'Europe, & autres propos imprimés dont chaque nation abonde. J'ai ramaſſé encore le petit nombre de livres que vous appercevez. Je ne lis que les auteurs qui ont écrit de conviction; tous les autres ſe ſont joués de la poſtérité; votre

J. J. Rousseau, par exemple, dont les ouvrages sont un démenti perpétuel donné à ses actions.

Mon premier soin fut de me loger selon mes goûts, & de braver les sarcasmes & la routine des architectes. Les uns attaquoient la solidité, les autres la distribution; ceux-ci l'extérieur, ceux-là les ornemens de mon édifice. On ne vouloit pas me permettre de faire des sottises à mon goût. J'y parvins cependant. Malgré l'âpreté de la censure, je suis venu à bout d'achever la maison ridicule & commode que vous voyez.

Ce premier pas fait, mes vues se portèrent sur la manière dont je composerois mon domestique. Je résolus de n'avoir que des femmes, toujours plus exactes, plus propres, plus économes. Pour aller au-devant des réflexions critiques, je pris la mère avec la fille, la tante avec la nièce. Je donne, après cinq ans, des pensions aux vieilles & des maris aux jeunes. Ne récompenser qu'à la fin de la carrière, c'est acheter les hommes. Je n'en ai que pour mes chevaux. Nulle communication entr'eux & mon intérieur.

FIN DU TOME PREMIER.

CLÆÆ DU VICOMTE DE BARJAC.

Tome premier.

Page 13. La Comtesse Lanove. . . . . La Comtesse de la Nouë.

Page 15. Le Marquis de. Le Marquis de Culan.

Idem. Le Comte de L. Le Comte de la Nouë.

Idem. Un Abbé. . . . De Very.

Page 16. M. R. . . . Robinet.

Page 23. Le Marquis de. Thibouville.

Idem. Mlle. Alison. . Mlle Arnoud,

Page 35. Le Marquisde. . Marquis de Culant, auteurdu discours sur la maniere de combattre de la Cavalerie contre l'Infanterie, & qui a épousé Mlle. Dugazon, sœur de Mme. Vestris.

Page 37. Elmire. . . . Mlle. Dubois, premiere femme de Beaumarchais.

Page 40. Le Marquis de Barages. . . . . . Le Marquis de Gamaches.

Page 46. Cet heureux Marquis. . . . . . Villette.

Idem. Le Ministre fait par Pesay. . . . . . M. Necker.

Page 47. Infidélités de Madame de M. . . Mme. de Maurepas.

Idem. B. . . . . . Beaumarchais.

Idem. L. . . . . Linguet.

Idem. F. . . . . . . Freron.

Idem. Un être amphibie. . Poays.

Page 48. Un Chevalier. De Boufflers.

Idem. Un Marquis. . Le Duc d'Orléans.

Idem. Un Abbé charmant. . . . . L'Abbé de Breteuil.

Idem. Un Grand d'Espagne.	De Lauragais.
Page 51. Le Chev. de M. .	Matahrel.
Page 71. La Comtesse de Berlitz.	Madame de Mirabeau.
Page 81. Madame de Rosefort.	Madame de Rochefort.
Page 101. Le Chevalier de Mars.	Le Chev. de S. Marc, Officier retiré de la marine.
Page 102. Curtius. .	Beaumarchais.
Page 103 Scevola. .	Le Chev. de Chatelux.
Idem. Ineptie des Grands Seigneurs. . .	Les Gentilshommes de la chambre.
Page 105. Un jeune fat.	Le Comte de Chalons, Ministre a Cologne.
Idem. M. de V.	Vergennes.
Page 106. Un Lieutenant Colonel Prussien. . .	Pirch.
Page 107. Une femme de la Cour.	La Princesse de Soubise.

Idem. Une Comtesse. . Madame de Coustin.

Page 111. Mme. Orithie. *La même.*

Page 137. Socrate. . M. de Sontdevelle, à quelques égards, & le Comte de Valbelle, à d'autres.

Page 144. Militaire à l'uniforme rouge. . . C'est un Officier Allemand.

www.ingramcontent.com/pod-product-compliance
Ingram Content Group UK Ltd.
Pitfield, Milton Keynes, MK11 3LW, UK
UKHW031906260826
14628UKWH00003B/1011